献给我亲爱的家人

新泽西的庄园

MANOR HOUSES OF NEW JERSEY

顾泉林 著

上海浦江教育出版社

序言

去年，我有幸读到由上海浦江教育出版社出版的《南加州的海滩》一书，爱不释手。作者顾泉林长期被派驻美国，从事航运业务工作。他对文化差异的感知敏锐，善于捕捉异国风情于细微之处，那自然流淌在笔尖的鲜活生动的文字更是让我眼睛一亮——作者不仅观察力超群，文字表达力也卓然出众。

我与泉林之间似乎有着无形的联结，人生轨迹看似偶然，实则必然地多次交叉，也许这就是“缘分”。1987 年，我与泉林同时进入上海海运学院（上海海事大学的前身），他被录取为英语专业学生，而我被引进为英语教师。一年之后，因所教课程变动，我又恰巧成了泉林所在班级的任课老师。泉林求知欲强烈，读书认真，成绩优异，与老师交流甚多，关系密切。更巧的是，泉林与我竟然是同乡，都是苏州郊县人。后来，我多次应邀担任某企业集团举办的英语演讲比赛评委，惊喜地发现泉林也坐在评委席上。这么多机缘巧合，彼此感叹不已。我读《南加州的海滩》时，心想泉林目前仍在美国工作，兴许会有续篇。果然遐想成真，姐妹篇《新泽西的庄园》也即将问世，真是心有灵犀，意念契合。应泉林作序之邀，我先睹为快，欣然命笔。

在新媒体发展日新月异的当下，文字仍然具备有别于影像和声音的魔力，纸质书籍仍是传递知识和保存精神财富不可缺少的工具。泉林以其灵动的文字，把自己的所见所闻诉诸笔端，为国内涉外工作者、教师和学生等读者提供了解和研究美国社会的第一手素材，实属难能可贵。泉林在《南加州的海滩》一书的前言中写道，“中国对外开放的大门打开了就不会再关上，在世界经历百年未有之大变局的当下，我认为仍然需要加强中美民间的交流和沟通。”泉林的这两本书正是他为促进中美民心相通所作的贡献。

《新泽西的庄园》收录了作者近年来撰写的30篇散文随笔，与前书《南加州的海滩》的宗旨是一脉相承的，也是对前书的扩展和补充。从这些文章涉及的题材来看，泉林对美国社会的观察视角更加宽广；从文章的平均篇幅来看，泉林的观察更加深入，有更多由表及里的感悟。泉林朴实而又潇洒的文笔成功地将文学性、知识性、趣味性三者融于一体。

该书主要内容包括：美国铁路、疗养院、个人支票、路边停车计费码表、气动传送系统等历史事物的文化变迁；对圣高登斯、威尔农场等以艺术家命名的美国国家历史公园的探寻；美国东北部住宅和教堂的建筑特色；对社交礼仪、手势、英语混成词、宴请宾客、打赏小费等文化特色的分析；美国家庭草坪打理、扫雪、泳池维护等日常生活行为和社区组织形态；徒步、钓鱼、漆弹和飞盘高尔夫等特色户外运动；等等。

在《精神冰淇淋》一文中，泉林将体认和发现潜在文化含义作为难得的精神享受，倡导学习、了解、欣赏和鉴别异国文化的开放心态。当然，在观察美国铁路、疗养院等标志性事物从曾经的先进辉煌，到如今日渐式微，甚至被历史云烟湮没的变迁时，泉林也切实体会到了一丝“风流总被雨打风吹去”的悲凉感，并为正在风起云涌的“东升西降”时代潮流而鼓与呼。

总之，《新泽西的庄园》及其前书的特色在于以小见大，以微知著，把林林总总日常琐事的描绘上升到文化比较的高度。泉林的不凡功力源自他高度的社会责任感、强烈的跨文化意识，以及流动在血液中的学识储备和文化积淀。

是为序。

左飚

2024 年 4 月 25 日于上海

（左飚，上海海事大学原外语系主任、教授，曾任上海市科技翻译学会会长、中国英汉语比较研究会常务理事、中国翻译协会理事。）

目录

这些医疗机构的前世今生

一位老同事徐先生不久前给我来信说，他阅读了我的《南加州的海滩》书中《北京协和医学院与“纽约州立大学”》一文后，回想起自己父母都毕业于北京协和医学院，1946 年曾赴美国进修行医，1949 年回国。当时刚出生仅半年的徐先生同他的一个哥哥、两个姐姐被安置在苏州外祖母家生活，没有跟随父母出国。由于父母去世得早，他们兄弟姐妹对父母在美国期间的经历几乎一无所知，父亲遗留下来的一张剪报是现存关于他们那段历史的仅有文字材料之一。因我在美国生活，他把这张剪报发给了我，

DAILY EVENING ITEM — LYNN, MASS., FRIDAY, SEPTEMBER 19, 1947

Chinese Surgeon Studies Methods at Lynn Hospital

Dr. Hsingann Hsu Plans to Go Back to China to Aid People

By EDWARD G. PENNIMAN

Orthopedic patients at Lynn Hospital during the past month have had the professional services of a 40 year old Chinese specialist—first to come to Lynn for a residency post. Next year, he'll return to his native land and teach Chinese medical students the latest practices gleaned from this trip to America.

He is Dr. Hsingann Hsu (pronounced Soo) of Kiangsu Province, located nearly 100 miles from Shanghai, who graduated from the Peiping Union Medical College in Peiping 14 years ago. The invasion of the Japanese interrupted his graduate studies four years later and he was placed in charge of a 300 bed hospital in (Kiangsi) Province.

Here he saw wounded Chinese soldiers in the Nationalist Army, and gained great experience as an orthopedic surgeon by countless operations restoring the bone structure in limbs. A year later he was permitted to practice in Kunming where the American Air Forces located their largest Oriental base.

Last September, he came to the United States for research gained by residences at the Lakeville Surgical Sanitarium near Middleboro and at Lynn Hospital where he came a month ago. His wife, Nora Hsu, whom he met and married while both were college students, is also doing research in anesthesia techniques at Grace Hospital in Detroit.

The short, bespectacled doctor who makes an excellent ambassador of good will for his country, is looking forward to taking his wife back to their Kiangsu Province where they have dedicated themselves to a lifetime of service to the ill and infirm.

Among the many who will greet the pair when their ship arrives will be their four children who have been staying with their 81 year old grandmother while their parents studied to bring home new knowledge to so many of their countrymen.

BOWLING

Arco League

CHINESE DOCTOR AT LYNN HOSPITAL — Dr. Hsingann Hsu, orthopedic specialist, who is studying American hospital techniques, is shown at Lynn Hospital at the bedside of ... year-old Robert T. Connell. The smiling youngster is the ... of Mr. and Mrs. Robert T. Connell of 524 Eastern Avenue. Dr. Hsu will return to the Orient next year to instruct Chinese medical students.

剪报

让我有空时阅读，看能否帮助他多了解一些与他父母这段经历相关的情况，或许可略微消解他对父母的思念之情。

这张剪报报头显示是马萨诸塞州林恩市（Lynn）1947 年 9 月 19 日星期五出版的《每日晚报》(*Daily Evening Item*)。报道的主标题是“中国外科医生在林恩医院进修医术”，副标题为“徐星龠医生计划回中国帮助人民”。报道说，年届四旬的徐医生一个月之前抵达林恩医院担任住院医生，为当地的骨科病人提供了良好的专业服务，他也是到林恩医院行医的第一位中国医生。

报道回顾说，徐医生 1933 年毕业于北京协和医学院，因 1937 年日本侵略军占领北京而被迫中断研究生学习，被分配到江西掌管一家有 300 个床位的医院，他亲手救治了许多在对日作战中受伤的国民党军人。一年后，他获准转至昆明工作，在行医过程中也与在昆明设立基地的美国航空飞虎队有了接触。1946 年 9 月，他前往美国进修，先是在马萨诸塞州米德尔博罗市附近的莱克维尔疗养院从事医疗研究工作，1947 年 8 月起到林恩医院担任住院医生。他与曹惠贞女士是在北京协和医院就读时相识并结成连理的，徐太太也随同来美，目前在底特律的格雷斯医院进修麻醉技术。

报道形容徐医生个子不高，戴着眼镜，为人和善，可以说是他祖国派出的杰出的亲善大使。报道还配发了一张徐医生微笑着站立在他治疗的小患者床前的照片，照片说明中还有这个 5 岁男孩的姓名和家庭住址。报道最后说，徐医生和夫人将于第二年回到中国的故乡江苏省，将他们在美国学到的医术传授给那里的医科学生，为家乡人民奉献毕生的专业服务。而将到码头张开双臂迎接他们的人群中，还包括了他们的四个子女以及他们 81 岁的外婆……

报道虽然不长，但从字里行间可以看出，那时林恩镇上的居民是真心而热情地欢迎徐医生的，并且也以友善平等的态度谈及徐医生的祖国。

老同事还向我提供了家人保存的一幅画轴的照片，画轴是爱国将军冯玉祥于 1946 年 11 月在纽约所画并赠送给徐星龠医生的，画的是一位光着上身、肩膀上扛着沉重麻袋的苦力，还配有白话诗，冯将军对当时国内穷苦百姓的深切同情溢于言表。

受老同事之托，我依据剪报所提供的线索开始查询。林恩市位于波士顿北郊，距波士顿市中心不到 20 公里，人口在十万左右，是马萨诸塞州埃塞克斯县最大的市镇。它的制造业和商业比较发达，1942 年通用电气公司在林

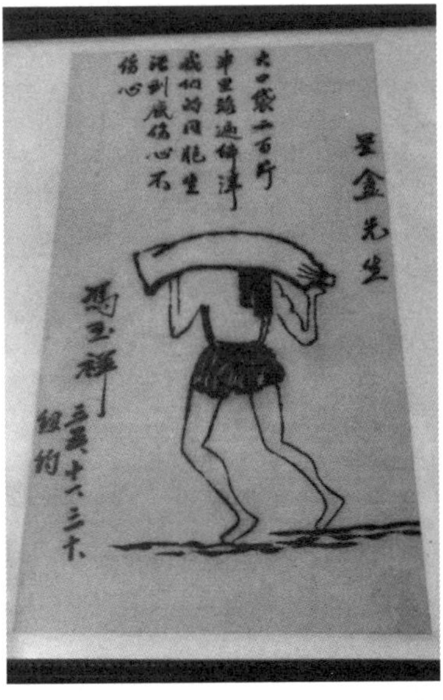

冯玉祥将军赠送的画轴

恩的工厂生产出了世界上第一台喷气式飞机发动机。林恩市的《每日晚报》由当地的黑斯廷斯家族于 1877 年创办，并在 2000 年改为日报，更名为《每日报》，发行量最高时达到两万多份。黑斯廷斯家族一直坚持到 2014 年才将报社出售给财力雄厚的埃塞克斯媒体集团，如今这份有将近 150 年历史的报纸仍在出版，每周 6 期，星期日休刊。

林恩医院创立于 1882 年，原址在林恩市波士顿街。1902 年，林恩市又成立了第二家医院，名为协和医院。1983 年两

明信片上的林恩医院

家医院合并，林恩医院原址关闭，整体迁入协和医院，新医院更名为亚特兰蒂凯尔医学中心。在附近多个城市拥有医院设施的北岸医学中心于1997年收购亚特兰蒂凯尔医学中心，为它恢复了协和医院的名称。2020年，协和医院停业，所在土地用于开发房地产。沧海桑田，原来的林恩医院已不复存在，只有从电子商务网站出售的老明信片上还可以看到昔日那幢整洁的二层小洋楼。

徐医生工作过的另一家医疗机构莱克维尔疗养院在波士顿以南，与林恩市相距80多公里，约一小时的车程。莱克维尔直译过来是“湖滨城市”的意思，因它位于面积近10平方公里的阿萨汪赛特湖（Assawompset Pond）边上且境内有多个湖泊和河流而得名。莱克维尔2020年人口一万余人，仅为林恩市的十分之一。莱克维尔疗养院由州政府于1910年创立，主要收治肺结核等长期慢性疾病病人。疗养院占地面积很大，建有员工宿舍，还有种植粮食和蔬菜的农场，几乎可以自给自足。

当时的美国与世界上其他国家一样，对具备传染性的肺结核病没有特效的治疗药物，一般在风景优美、空气新鲜又人烟稀少的地方建造疗养院，病人在这样的疗养院集中收治，既起到隔离的作用，又可以放松休养，适当运动锻炼、晒太阳浴、享受天然氧吧，再辅以均衡的饮食营养，让病人逐步自愈。当然疗养过程时间较长、费用昂贵，难怪当时中国人把肺痨称为富贵病。1943年，位于新泽西州的罗格斯

全盛时期的莱克维尔疗养院

大学的一名研究生艾尔伯特·沙茨成功分离出链霉素，发明了可治疗肺结核的抗生素，随后抗生素越来越多地用于治疗肺结核病，来疗养院隔离治疗的肺结核病人日益减少，疗养院也被迫转型，同时收治其他类型的病人，为其提供康复服务。可能正是在这样的背景下，徐星龕作为骨外科的专科医生，才会到莱克维尔疗养院工作，同时可能也是因为疗养院日渐式微，一年后他迁至市面更大、综合性更强的林恩医院行医。

莱克维尔疗养院于 1963 年更名为莱克维尔医院。30 年后，州政府为节省成本，决定整合州立医疗资源，莱克维尔医院于 1993 年停业，医院建筑及周边地区用围栏封存，以防止非法进入。经过岁月的风吹雨打，这座被废弃的医院荒芜颓败、杂草丛生、蚊蝇滋长，甚至有传闻还会闹鬼，医院以前的不治病人的亡魂会在夜里出来飘荡。这里成了胆大的网红进入探险的场所，院内破败的景象被拍成视频分享在“油管”等视频网站上。当地政府一直在推动这片地块的开发再利用，2020 年有波士顿的地产商决定来此投资，拆除原来的医院建筑，建造一幢面积达 40 万平方英尺的大型仓库，向当地的商家出租，让废弃的土地重获生机。

徐先生母亲进修过的底特律格雷斯医院创建于 1888 年，1991 年与迦密山医院合并成立新的格雷斯医院，1999 年又与西奈医院合并，成为西奈 - 格雷斯医院，是底特律医学中心旗下 8 所医院中最大的一所。原来的格雷斯医院大楼已经于 1979 年关闭并拆除。

总体来说，徐先生父母早年逗留过的医疗机构在七十多年后都有了很大的变化，再加上他们在美国的时间仅为两年多，如果不到故纸堆中去查找历史档案，恐怕很难找到与他父母相关的直接信息了。

在探究过程中，莱克维尔疗养院的变迁，让我联想起了作家冰心曾经住院治疗过的沙穰疗养院（Sharon Sanatorium）。冰心于 1923 年 9 月抵达美国波士顿近郊的维斯利学院（《寄小读者》中译为威尔斯利学院）读研究生，上课仅两个月，她肺枝叶扩大的旧病复发，住进校园的圣卜生医院（Simpson Infirmary，如今已改名为维斯利学院健康服务所）治疗，两周后院方决定让她转院疗养，“下午一乘轻车，几位师长带着心灰意懒的我，雪中驰过深林，上了青山（The Blue Hills）到了沙穰疗养院。”

昔日的沙穰疗养院

沙穰疗养院始建于1891年，在新英格兰地区首开先河，比莱克维尔疗养院早了约20年。疗养院所在的城市沙穰（Sharon，一般译为莎朗）在波士顿西南将近40公里处，与维斯利学院也有30公里的距离。在《寄小读者》中，冰心这样描写沙穰疗养院的周边环境：“如今窗外不是湖了，是四围山色之中，丛密的松林，将这座楼圈将起来。清绝静绝，除了一天几次火车来往，一道很浓的白烟从两重山色中串过，隐隐的听见轮声之外，轻易没有什么声息。”她抱怨疗养院过于安静，“有一天静极忽发奇想，想买几挂大炮仗来放放，震一震这寂寂的深山，叫它发空前的回响”。她也抱怨养老院的寒冷，“这座楼素来没有火，冷清清的如同北冰洋一般”，“夜中月明，寒光浸骨，双颊如抵冰块”。她抱怨疗养院生活的单调，“只天天随着钟声起卧休息。白日的生涯，还不如梦中热闹”，“我们的生活如印板文字，全然相同的一日一日的悠然过去”。她又感念这里生活的轻松闲适，“自己在门窗洞开，阳光满照的屋子里，或一角回廊上，三岁的孩子似的，一边忙忙的玩，一边呜呜的唱，有时对自己说些极痴的话”；“沙穰的半年，把‘预定’两字，轻轻的从我的字典中删去，觉得有说不出的愉快”。冬去春来，她徜徉在疗养院周围的美景之中，“过的是花的生活，生长于光天化日之下，微风细雨之中；过的是鸟的生活，游息于山巅水涯，寄身于上下左右空气环围的巢床里；过的是水的生活，自在的潺潺流走；过的是云的生活，随意的袅袅卷舒。”

冰心从 1923 年 12 月 15 日入住沙穰疗养院，到 1924 年 7 月初出院，整整半年多的休养调理，让她恢复了身心健康，“如今理会得身心相关的密切，和病弱扰乱了心灵的安全，我便心诚悦服地听从了医士的指挥。结果我觉得心力之来复，如水徐升”。她这样描写对沙穰疗养院的感谢之情：“沙穰如有一片水，我对她的留恋，必不止此。而她是单纯真朴，她和我又结的是护持调理的因缘，仿佛说来，如同我的乳母。我对她之情，深不及母亲，柔不及朋友，但也有另一种自然的感念。”

从冰心在沙穰疗养院的经历可以看出，病人并非是绝对隔离的，亲友可以从外地上山来探望。冰心在来美的邮轮上结识的吴文藻尽管远在新罕布什尔州汉诺威市的达特茅斯学院就读，也利用假期来疗养院慰问，为两人日后一生的相伴埋下了种子。

自幼病弱的冰心后来活到将近百岁，被称为“世纪老人”。而冰心的福州同乡及同时代女作家林徽因 1928 年从美国宾夕法尼亚大学留学回国后到沈阳的东北大学任教（当时校长由张学良兼任），因寒气侵袭导致肺炎复发，旋即回到北京香山双清别墅疗养，并在“清静幽深的山林”（林徽因儿子梁从诫之语）中开始诗歌创作，与冰心在沙穰疗养院的经历极其相似。可惜林徽因的肺炎时常复发、久治不愈，在 1953 年刚 50 岁时就英年早逝。

南卡罗来纳州阿什维尔市于 1871 年建造了第一家专门治疗肺结核的疗养院，这也是美国最早的疗养院之一。美国东北部的首家疗养院是 1884 年由爱德华 · 特鲁多在纽约州萨拉那克湖建立的阿迪朗达克小屋疗养院，1915 年更名为特鲁多疗养院。随后，疗养院在美国各州遍地开花。当时肺结核治疗的理论基础是隔离、呼吸清新空气、平衡营养、适当运动“四原则”，高海拔和干燥气候被认为有助于病人康复，因此疗养院往往都建在丘陵山坡和沙漠地带（亚利桑那州一度成为肺结核病人纷纷前往的疗养胜地），距人口中心较远，维护费用昂贵，这也为日后转型成普通医院增加了难度，利用率不足，经营难以为继；如果改造为现代化的风景度假村，又受到规模小、设施不全等因素的制约。2012年，佛罗里达州兰塔纳市的A.G. 侯利医院正式关闭，这也标志着美国由肺结核疗养院转型而来，仍保留独立经营的最后一座医院也回归历史。

沙穰疗养院于1947年停业，当地富豪居民肯德尔夫妇接盘了疗养院的土地，将其改建为肯德尔捕鲸博物馆，从事研究工作并向公众开放。博物馆在2001年停业，所有藏品赠送给了新贝德福德市的捕鲸博物馆[①]，其房屋被改建成多住户的住宅楼。

比起很多像莱克维尔疗养院那样被废弃成为“蚊子屋”“鬼屋”的昔日疗养机构来说，沙穰疗养院的结局无疑还是幸运的。

---

① 有关历史上马萨诸塞州的捕鲸活动，可参阅作者《南加州的海滩》中的《白鲨与白鲸》一文。

美国铁路往事

2023年美国邮政总局发行了以经典火车站建筑为主题的普通邮票，一套五枚，图案分别为马里兰州的岩点（Point of Rocks）火车站、弗吉尼亚州里士满的主大街火车站、加州圣伯纳迪诺的圣塔菲火车站、宾夕法尼亚州的塔马卡（Tamaqua）火车站，以及俄亥俄州的辛辛那提联合火车站。

邮政总局在考虑这套邮票选取哪几个火车站的图案时，提出了一些录用标准，比如建筑风格要有代表性，地理分布要多样化，来自小地方、体量小的火车站也要占一席之地；此外这些建筑须保存完好，便于人们慕名前往参观。从最终选定的这五个火车站来看，弗吉尼亚、马里兰和宾夕法尼亚都属于美东北/大西洋海岸中部地区，占比偏重，但有西岸

美国火车站系列邮票

的加州、中西部的俄亥俄州，也算照顾到了全国性。从建筑体量来说，岩点火车站和塔马卡火车站较小，而其余三个火车站都属于中等以上的规模，像纽约中央火车站、华盛顿联合火车站这样的大型火车站未有入选。在建筑风格和建造年份方面，塔马卡火车站和岩点火车站历史最为悠久，分别建于 1874 年和 1876 年，属于维多利亚时代的意大利风格和哥特复兴风格；里士满主大街火车站建于 1901 年，是仿文艺复兴式的建筑，因建有穹顶钟塔，当地人习惯称之为“钟楼”；圣伯纳迪诺的圣塔菲火车站建于 1918 年，属西班牙传教士复兴风格的建筑；辛辛那提联合火车站相对最为年轻，建于 1933 年，是艺术装饰风格的建筑。

这五个火车站像美国其他许多地方的火车站一样，作为当时铁路公司经济实力的象征和宣传名片，均由名家设计，是当地的地标性建筑，这些火车站也往往选聘当地有头有脸的人物担任站长。目前，这五个火车站均入编《美国全国历史性地点名录》，还都保留着铁路乘客候车的功能，但与它们在历史上的全盛时期相比，在此挂靠的客运列车次数和上下旅客数量都已不可同日而语，火车站功能的重要性大大降低。它们利用自己的建筑特点和所处地点的区位优势，向公益性或商业性用途转型，有的建起了博物馆，有的出租场地供举办婚庆之用，有的将部分面积改为高档商场、餐厅，有的成为当地历史保护区的组成部分供游客参观。

这些火车站的地理分布广，这也意味着它们曾经服务于

观光火车停靠塔马卡火车站

不同的私营铁路公司。塔马卡火车站由费城&雷丁铁路公司所建，是当时宾州产煤区重要的铁路枢纽。该火车站在20世纪20至40年代高峰时每日停靠40次列车，但铁路客运业务从20世纪50年代开始逐步萎缩，1961年停运。费城&雷丁铁路公司破产后，于1976年并入由联邦政府出手建立的联合铁路公司（Conrail）。新成立的地区性铁路公司“雷丁蓝山与北方”于1990年起从Conrail手中接过其在宾州内的部分非核心铁路线，除了从事短途铁路货运外，也开始经营观光客运，其中皮茨顿—吉姆索普、雷丁—塔马卡等观光线挂靠塔马卡火车站，使该车站重新得到启用。塔马卡火车站的图案荣登系列邮票后，预计会有更多的游客慕名坐火车前来游览。

岩点火车站由巴尔的摩与俄亥俄铁路公司所建。该公司成立于1827年，建有美国首条铁路线，它在1987年时并入CSX铁路运输公司。目前，马里兰地区通勤铁路公司（MARC）的布伦斯威克专线有短程客运列车停靠岩点火车站，供居民上下班出行。

里士满主大街火车站原由两家铁路公司建造和运营，一家是向南通往亚拉巴马州伯明翰以及佛罗里达州的 SAL 铁路公司，另一家是向西连接路易斯维尔、辛辛那提和底特律的切萨皮克与俄亥俄铁路公司。美国国家铁路客运公司（简称 Amtrak，中文译为“美铁”）于 1971 年接管了两家铁路公司的客运业务，主大街火车站从此也归属美铁旗下。

辛辛那提联合火车站于 1933 年建成，供 7 家铁路公司共同使用，其中 6 家将其作为终点站，只有巴尔的摩与俄亥俄铁路公司的客运线路在中途停靠该站。因为它主要作为铁路线的终点站，这个火车站在英语中叫作 terminal，而不是供过路列车停靠的 station。1972 年美铁接管这些铁路公司的客运业务后，一度撤销了停靠该火车站的所有铁路班次；从 1991 年起，美铁经营的纽约至芝加哥客运南线（俗称“红雀线”）列车开始停靠这个车站，每周三班，使它恢复了火车站的功能。

圣伯纳迪诺市圣塔菲火车站最初由 ATSF 铁路公司（简称圣塔菲铁路）兴建，它与联合太平洋铁路公司（UP）共同使用该车站，经营至美国西部和中部目的地的客运线路。美铁从 1971 年开始接管这些客运线路，如今其洛杉矶—芝加哥客运线停靠该车站。另外，洛杉矶地区的轻轨公司 Metrolink 也有线路停靠本站。圣塔菲铁路于 1995 年与伯灵顿北方铁路（BN）合并，成为如今的 BNSF 铁路公司。

从以上介绍可以看出，最初建造和使用这些火车站的铁路公司后来或被实力更强的铁路公司收购兼并，或将其客运业务直接移交给美铁。这些铁路公司及其客运车站的命运起伏，也是美国铁路业发展历史的一个缩影。

美国从 1830 年成立巴尔的摩与俄亥俄铁路公司开始，铁路建设突飞猛进，于 1916 年达到顶峰，全国铁路总里程达到 41 万公里，铁路行业雇佣了 170 万名工人，铁路运输也取代了原来内河运输的统治地位。随着汽车的广泛使用和航空业的发展，铁路旅客运输开始走下坡路，1916 年运输旅客人数为 10 亿人次，到 1940 年降为 4.5 亿，客运业务亏损严重。铁路货运也因公路运输的激烈竞争和联邦政府的价格监管，盈利大幅下降，为求自保互相合并。1971 年，成立了国有的美铁公司，从私营铁路公司手中接管长途客运业务实行统一经营，亏损部分由政府税收补贴。1976 年福特总统签署《铁路振兴与监管改革法》后，联邦政府取消了对铁路业的一些监管限制，成立国有的 Conrail 公司将美东北地区的宾州中央铁路等多家已宣布破产的铁路公司收入囊中，采取降本增效措施使其扭亏为盈。1999 年卡特总统提出要减少政府干预铁路市场，Conrail 的主要铁路资产被分别出售给 CSX 和 BNSF 两家私营公司。

这样，美国铁路业的版图基本划定：客运方面，主要由美铁负责跨州长途运输，地方政府负责当地的短途通勤运输，经营亏损由政府预算补贴，部分私营企业经营有利可图的短途观光线路；货运全部由私营企业经营，自负盈亏。政府对私营的货运铁路企业进行分类管理，年营业收入达到5亿美元以上（须按通货膨胀率进行调整）的为一类铁路，目前有6家公司达到一类铁路的标准，分别为BNSF、UP、CSX、诺福克南方铁路（NS），加拿大国家铁路公司（CN）以及近期由加拿大太平洋铁路与堪萨斯城铁路合并而成的CPKC公司。

美国人对其铁路行业可谓是“爱恨交加”。美铁运营的一些长途客运线路穿越丰富多彩的地形地貌，给旅客带来了轻松欣赏沿途无限风光的愉快体验，这是自驾和飞机旅行所无法比拟的。以横跨北美大陆的铁路旅行为例，游客可以分别从洛杉矶、旧金山或西雅图出发，经南、中、北三条铁路线抵达芝加哥，再从芝加哥向东前往华盛顿、纽约等地。南线的客运列车名为“西南酋长”号，沿着BNSF铁路，穿越莫哈维沙漠、狭窄的阿帕奇峡谷、海拔将近2400米的拉顿山口，以及新墨西哥的西班牙教堂与村落、艾奥瓦的牧场和农田。中线的列车名为“加州清风”号，它被认为是美铁所有线路中风景最棒的，火车从旧金山郊区埃默里维尔的火车站出发，经加州首府萨克拉门托，驶过山顶白雪皑皑的内华达山脉，经盐湖城后进入落基山国家公园，抵达丹佛后穿越内布拉斯加大平原，最后抵达芝加哥。北线的列车名为“帝国建设者”号，从西雅图的国王街火车站出发，穿越蒙大拿的冰川国家公园，绕过密苏里河后进入北达科他平原，路经明尼苏达州的明尼阿波利斯和圣保罗两个城市，然后旅客在对密西西比河沿岸风光的回味中进入“风城”芝加哥。

美铁客运服务最让人诟病的是班期不准，天气、设备故障和为货运列车让路使得列车经常延误，有时甚至延误好几个小时。另外一个问题是车速慢，从旧金山到芝加哥总共要行驶近 52 个小时。人们常说，兄弟两人同时从旧金山出发，五个半小时后乘飞机的哥哥已经抵达纽约，而乘火车的弟弟还没有驶出加州的地界。人们需为一趟火车旅行花费三四天的时间，与现代人的生活节奏和效率很不合拍，再说火车上的空间有限，生活起居肯定不如平时舒服。有些希望体验铁路旅行的旅客为了节约时间，宁愿多花点钱，飞到盐湖城，早上在盐湖城站乘上“加州清风”号火车，晚上抵达丹佛

美铁客运列车

站，用一个白天的时间游览最精彩的落基山风光，再从丹佛机场飞往其他目的地。

美铁借用私营企业的铁路线经营客运业务，经常受到私营铁路公司的牵制，为货车让路即是一例。它也曾想要发展高铁业务，1993 年租用了瑞典的 X2000 和德国的 ICE 两款高铁列车，在美国各地巡回展示，并在连接华盛顿、费城、纽约和波士顿的电气化铁路（所谓“东北走廊”）上试运行，但业界和民众反响并不热烈。当时的美铁总裁感叹，如要运行高铁列车，美国的铁路基础设施须投入巨资进行改造，而不论是政府还是私营铁路公司，都没有投资的意愿。

1996 年，加利福尼亚州政府成立了高铁管理局，编制了加州高铁发展计划，发行债券筹措建设资金，目前已开始第一期工程建设，但进展缓慢，建成通车仍遥遥无期。2000 年，美铁在对其自有的“东北走廊”电气化铁路进行部分升级的基础上，推出了名为“Acela 快线”的客运服务，使用由庞巴迪和阿尔斯通联合成立的合资公司建造的新型列车。这种列车运行速度可达每小时 240 公里，算是达到了高铁的标准，但在华盛顿至波士顿全长 735 公里的线路上，仅有 80 公里的线路可以支持以 240 公里的时速运行，跑完全程须花费 6.5 小时，平均时速 110 公里，与汽车在高速公路上的时速相仿。佛罗里达州的私营企业亮线公司（Brightline）于 2014 年开始建设奥兰多—迈阿密铁路，2018 年开始商业运营，成为美国唯一的经营城市间铁路客运的私营企业，2023

年 9 月最高时速提至 200 公里，号称“高铁”，线路总长 378 公里，全程用时将近 3.5 小时，实际平均时速仅为 110 公里。由于该铁路线与不少公路和街道仍采用水平交叉，行人、汽车与高速火车抢道造成伤亡的事故频发，据统计自 2017 年以来亮线铁路已造成 100 多人死亡。亮线公司最近决定在美国联邦政府 30 亿美元的资助下，动工兴建从洛杉矶附近的兰乔库卡蒙加至赌城拉斯维加斯的高速铁路，预计全长 218 英里（350 公里），据说最高时速可达 300 多公里，但单程运行时间仍需 2 小时 10 分钟。这条线路主要通过人烟稀少的沙漠地区，征地和动迁成本会大大降低。亮线公司宣布从 2024 年 4 月下旬开工起算，花四年时间建成，能否真的实现，让我们拭目以待。

在货运方面，铁路行业承担着集装箱和大宗物资跨州运输主力军的责任，每年对国内经济总值的贡献超过 700 亿美元。但大型铁路公司均为上市企业，受华尔街控制，为了追求盈利，通过不断给列车加挂车皮的方式提高劳动生产率，同时紧缩铁路和列车设备的维修开支，投资不足，设施老化，重大铁路事故时有发生。最近一次影响较大的事故发生在 2023 年 2 月 3 日，诺福克南方铁路公司一列装载有毒化学品的列车在俄亥俄州东巴勒斯坦市附近脱轨，起火后引发爆炸，一时间黑烟滚滚，对当地自然环境和民众身体健康造成了极大的损害。

“白头宫女在，闲坐说玄宗。”邮政部门发行的火车站系列邮票，引发了我对美国铁路发展历史的兴趣，也解答了我有关美国铁路的一些疑问。比如，我曾经不解，纽约市区为什么会有相距不远的两个火车站，一个叫宾州火车站，一个叫中央火车站？原来，历史上曾有两家大型铁路公司经营到纽约的客运业务，一家是宾夕法尼亚铁路公司，它使用的车站就叫宾夕法尼亚火车站（简称宾州火车站），另一家是纽约中央铁路公司，使用自己的中央火车站（英文名为 Grand Central Terminal，显然是作为中央铁路的终点站）。这两家曾一度是美国运输周转量排名第一、第二的铁路公司，在 1968 年合并为“宾州中央运输公司”，但合并并没有带来预想的效果，两年后公司宣布破产，1976 年时与东北部的其他主要铁路公司一起，将其铁路资产移交给 Conrail 公司，宾州中央公司本身逐步转型为一家保险企业。如今，宾州火车站和中央火车站在业务上各有分工，前者主要停靠跨州长途客运火车，后者主要经营地方性短途客运。地产商们在宾州火车站周边开发高档写字楼和相关商业设施，形成了“车站区”（The Penn District）的概念，如今吸引了诸如亚马逊、苹果、脸书等大型科技公司入驻。

我的第二个疑问是，纽约、纽瓦克和巴尔的摩都有“宾夕法尼亚火车站”，费城是宾夕法尼亚铁路公司总部所在地，为什么费城的火车站名字却不叫“宾夕法尼亚火车站”，而叫“三十街火车站”呢？原来，费城火车站以前的官方名称确实是“宾夕法尼亚火车站－三十街”，但口语中习惯将其简称“三十街火车站”；2014 年为纪念宾州出身的美国众议员威廉·格雷，火车站更名为“威廉·格雷三十街火车站”，人们习惯上也仍称其为“三十街火车站”。

第三个疑问：为什么华盛顿、洛杉矶、芝加哥、丹佛等大城市的火车站，都采用“联合火车站”（Union Station）的名称呢？原来，在历史上，在同一个城市有不止一家铁路公司经营客运业务，铁路公司为了相互竞争，往往自建火车站，有点“老死不相往来”的味道，后来他们逐步认识到这样做造成了资源浪费，因而决定共享车站资源，把有多家铁路公司客车停靠的车站取名为“联合火车站”。即使到了美铁时代，“联合火车站”的名字也都保留了下来。

旅行者初次抵达美国某个城市，如果不知道该去哪个景点逛逛，不妨寻找这个城市的火车站，一般不会让你失望，因为火车站往往都是当地著名的地标性建筑，而且处在城市的中心位置，周边也有不少值得去打卡的名胜。我曾感叹华盛顿和芝加哥的联合火车站不论从建筑外表还是室内大厅，设计风格都有不少相似之处。经查询了解，果然这两个车站的建筑设计均出自芝加哥著名设计师丹尼尔·本罕以及他名下的设计师事务所，只不过华盛顿车站建成于 1908 年，比 1925 年竣工的芝加哥车站早了 17 年。

圣塔菲铁路将其线路上的不少火车站命名为“圣塔菲火车站”（Santa Fe Depot），再加上城市名字以示区别，如加州圣迭戈、科罗拉多州拉玛尔、伊利诺伊州盖尔斯堡，以及新

华盛顿联合火车站

芝加哥联合火车站

墨西哥州圣塔菲市本身的车站，都是如此。加州圣伯纳迪诺的圣塔菲火车站作为它们的代表，有幸在美国邮政局发行的系列邮票中占得一席之地。企业家弗雷德·哈维自 1878 年开始与圣塔菲铁路合作，从堪萨斯到加利福尼亚，在沿线各火车站共开设了 100 多家哈维屋餐厅，为铁路旅客提供优质餐饮服务，圣伯纳迪诺火车站的哈维屋餐厅也是其中之一。目前该餐厅虽然早已歇业，但车站仍保留了餐厅的旧址，不时还有怀旧的旅客来此摄影留念，与历史上餐厅的老照片进行对比来寻找相同的拍摄角度。哈维公司曾在美国各地招募年龄在 18~30 岁的未婚女青年，派到哈维屋连锁餐厅担任服务员，她们被称为“哈维女郎”，曾随着圣塔菲铁路线的延伸，为美国的西部开发作出了独特的贡献，也以其温馨服务和严谨作风赢得顾客尊敬，提升了当时妇女的地位。米高梅电影公司1946年拍摄的歌舞影片《哈维女郎》成为了这段历史佳话的生动见证。

如果说从19世纪30年代至20世纪中叶的一百多年是美国铁路发展的黄金年代，那么21世纪则开启了中国高铁发展的峥嵘岁月。江山代有才人出，长江后浪推前浪，我们在追忆美国铁路往事的同时，也对中国高铁的未来充满期待。

停车计费码表的今昔

上海的部分街道路边用白线划出了停车的格子，你刚把车子停进格子里，就有收费的大叔阿姨骑着助动车快速赶到，问你想停几个小时，然后熟练地撕下一张收据，向你收取一般是每小时 10 元人民币的现金停车费，然后在另一张纸片上写下允许停车的时间段，夹在车子挡风玻璃的雨刷后面。与这种较为原始的人工收费模式相比，商业大厦地下停车场则实现了现代化的移动式无现金停车收费方式。司机驶入停车场，进口处的设备会自动扫描你的车牌号和入场时间，你只要在出场前用手机扫描停车场墙上贴的二维码、输入自己的车牌号就可以使用信用卡或微信、支付宝等移动支付方式完成付款，出口处根据你的车牌号确认你已付费后即自动抬起横杠放行。

如果把停车费支付的历史演变比作光谱，人工收费和移动支付就像光谱的左右两端，在中国这两端可以同时存在。在当今的美国，人工收费已很少见（因人工成本昂贵），而移动支付尚在缓慢推进，不如中国普及，更多的是采用处于光谱中间段的各种收费方式，如从基于车位的收费模式（路边单车位码表、多车位集中式收费机）演化为基于车牌号的收费模式，从现金（硬币、纸币）支付发展到基于信用卡的电子支付（插卡、芯片感应），以及从取票管理过渡到全程自动扫描管理，等等。其中，街边码表在美国各城市仍随处可见，值得探究一番。

一、起源

第一批街边停车计费码表于 20 世纪 30 年代初在美国俄克拉何马州的首府俄克拉何马市投入使用。这个城市在 20 世纪初得到快速发展，1913 年时仅有 3000 辆汽车，但越来越多的人卖掉了马匹和马车，改用汽车代步，到 1930 年俄克拉何马市所在的县共有 50 万辆汽车注册。在市区上班的人很早就占掉位置好的街边停车位，而且一整天不挪窝，来市中心购物的顾客则很难再找到合适的停车位，因而怨声载道。为改变这种状况，与当时其他城市一样，俄克拉何马市派出警察在汽车轮胎上用粉笔做记号，在同一位置停车时间过长的车辆会收到罚单，但这种管理方式费时费力，警察们连呼吃不消，因而亟须找到更好的解决方案。

最先发明停车收费计时装置的是来自波士顿地区的罗杰·巴布森，他在 1928 年获得了首个技术专利，但因被其他事情分了心，没有真正把这个计时装置制造出来。从新墨西哥州移居到俄克拉何马市的报社老板卡尔·马基热心社区事务，被推举为俄克拉何马市交通委员会的主任。在委员会的各次会议上，他听到人们在议论城市的交通拥堵问题，特别是来市区购物的人们遇到的停车难题。为此，他在俄克拉何马大学工程系的学生当中举办停车计时装置设计方案征集比赛，要求所设计的装置须便于消费者理解和使用，同时必须适合在室外安装，能应付各种天气状况，并且不易被好事者破坏。1933年，马基向提供最佳设计方案的学生颁发了160美元的奖金，并花费240美元请人按设计制作了一个实用模型。事实证明学生们的设计和制作并不可行，与马基本人的想法也相去甚远。他与大学工程专业的教授们重新研究，开发出了被称为“黑玛丽亚”的设计方案，并申请了技术专利（在1938年得到批准）。

“黑玛丽亚”装置如同一座上了发条的时钟，汽车司机向机器里塞入一枚指定面值的硬币（最初为5美分），旋动装置上的把手，硬币应声掉落下去，表盘上显示有一个小时的停车时间。满一个小时后，会有一面小旗子弹出来，表示停车时间已经结束。

最初的“黑玛丽亚”码表

麦基利用他担任交通

委员会主任的身份，向市政府官员推介他的发明，很快得到了官方的批准。然后，他联合当地的商人们集资成立了停车计费码表公司，并委托位于塔尔萨市、专业生产控制油井炸药爆炸定时装置的麦克尼克公司制造计费码表。

1935年7月16日，首批175台计费码表被安装在俄克拉何马市14个街区的街道边。公众对此的反应不一，部分司机认为这是对他们拥有汽车的权利进行征税，因而向法院提出起诉；也有人采取无厘头的搞笑方式作为应对，如某位仁兄骑马进城，向码表投了5分钱硬币，然后将马拴在码表的柱子上，此外还有4个哥们扛着折叠椅和牌桌堂而皇之地进驻街边停车位，投币后打了一个小时的桥牌。

人们逐步适应了计费码表的存在后，也发现了它的好处，虽然要多花点小钱，但街边停车容易了很多；住在郊外的居民也更愿意进城购物，城里的商店老板也自然乐观其成；市府官员看到在街上兜圈子找停车位的车子少了许多，缓解了拥堵的压力，同时计费码表也增加了公帑收入，心里也是美滋滋的。

说起政府收入，司机投入码表的硬币收入可能还只是毛毛细雨，真正的大头来自停车超时罚单的收入。俄克拉何马市安装码表后才一个月左右时间，警察向忘记给码表“喂”币的停车者开出了第一张罚单，驾车者是位教堂牧师，他在法庭上争辩说，他当时身上没带硬币，停车后进了街边商店去兑换硬币，就花了一分钟时间，车子就吃了罚单，实在冤枉，所幸法官好说话，放了他一马。码表超时罚单的金额历年来在水涨船高，如今最低金额一般在 35~45 美元，最高可以到 100~200 美元。就这样，停车计费码表发明出来后，很快在美国各个城市推广开来，到 20 世纪 40 年代初总数就达到了 14 万台，生产码表的厂家也增加到 4 家。让人意想不到的是，纽约这个最大城市反而直到 1951 年才引进计费码表，也许因为人们已习惯在城里乘坐公共交通。

位于康涅狄格州的马克太姆（Mark-Time）停车计费码表公司在生产过程中，对马基的最初设计做了改进，让码表在司机旋转把手的过程中吸收其运行所需的能量，这样就不需要维护人员每周给码表上一次发条了。在接下来的 40~50 年间，码表的设计基本定型，没有大的变化，但局部的改进

双头码表

可以刷信用卡的码表

一直在进行，如出现了双头码表，即原来是一根立杆上装一台码表、管一个车位，现在一根立杆装一台双头码表，可以管左右两个车位，省下了一根立杆的成本；原来是机械式码表，须用人力上发条，后来改为电力式码表，安装电池使用，再后来发展到在码表上安装太阳能板发电给电池充电；从使用单一硬币到同时使用多种硬币和纸币，并发展到可以刷信用卡；等等。

在美国首都华盛顿，部分码表的顶部采用与其他码表不同的红色，表示该停车位供持有许可证的残障人士专用。而在波士顿，看到红顶或黄顶的停车码表要格外小心，因为这些码表所在的车位有一定的停车限制，具体的规定会在码表上面或周围有文字说明。一般来说，红顶码表表明该车位在某些时间段不能供公众停车，比如白天仅用作稍停下客之用，晚上才开放使用，而黄顶码表表示所在的车位在白天某些时间点须留作商家的装货区域。

二、执法

街边停车计费码表的效用是显而易见的：首先，它的存在显示这里是供公众使用的合法的停车位，驾车者在这里停车没有被强制拖走的后顾之忧；其次，它提醒驾车者停车是要支付成本的，而且成本与停车时间长短成正比，促使人们在城内尽量步行或乘坐公交，即使驾了车，在停车办事时也会尽量速战速决，从而减少街道车行数量并减轻城市停车设施不足的压力。但这样的效用只有在严格的执法检查的配合下才能成功，如果驾车者不投币或超时停车却可以不受处罚，自然就没人把计费码表放在眼里了。

起初由城市警察来负责巡查计费码表并对违法行为作出处罚，但不久官员们发现，停车收费管理事务琐碎、费时费力，占用了大量警力，警察反而没有时间去处理更为重要的警务，而且警察大部分是男性，在执法时往往阳刚有余、阴柔不足，吃到罚单的司机火冒三丈，往往会对警察怒吼谩骂，甚至施以拳脚，使冲突升级。纽约是第一个决定成立停车管理专业队伍的城市，并且规定仅雇佣女性担任管理员，认为司机们在面对女性管理员时行为会“收敛”一些。这样就诞生了“码表女郎”这一职业。像拉斯维加斯这样的城市还为“码表女郎”设计了比较“清凉”的制服，希望司机们从性感女郎手中拿到停车超时罚单时，会强压怒火，大大降低拳脚相加的概率。

科罗拉多州大章克申市的《哨兵日报》在 1974 年刊登了对“码表女郎”日常工作的专访，当时该城镇聘用了两名女性停车管理员，并把装有码表的所有街道划分成两个区块，让她们各司其职。当时的罚单都是手工填写的，管理员到岗后先把罚单上联的内容都填写好，发现违规车辆时只要快速地填入车号等信息就完成了罚单的制作，将其夹在车子前挡风玻璃上后快速闪人，免得司机回来时撞见她们在写罚单而引发争执。两名管理员平均每天能开出 60~70 张罚单。

“码表女郎”

一般来说，“码表女郎”们待人都很客气，常为路人指路或回答问题。大章克申市对管理员的要求更高，如果看到有外地牌照的车子违规停车，管理员会在车上留张纸条，上面开头写着：“欢迎邻居来到我市。”然后列出几个当地最有名的旅游景点和玩乐项目供参考，最后一句话写道：“温馨提示，您在此车位停车已经超时，但我们此次不予追究。”外地司机很吃这一套，一般会主动配合，但如果下次又发现这辆车超时停车，管理员就会毫不手软地开出罚单。

停车管理员与司机之间的关系犹如猫同老鼠，美国有不少电影作品描述他们之间的矛盾冲突，如2007年发行的故事片《超时》。影片的主角是一男一女两位停车管理员，女的叫克莱尔，男的叫加伊，都是爹不亲娘不爱的小人物，在大街上被违规司机讨厌、唾骂，搞得不好还会被过往车辆撞倒。两人对待工作的态度迥异，加伊为了出气，常对停车司机吹毛求疵甚至滥用权力，遭到很多司机投诉，被上司停职；而克莱尔性情温和，简直到了逆来顺受的地步，上级自然喜欢这样的员工，对她进行了提拔。

有人对街上的停车管理员不满，暗中跟着他，抢在他查抄超时车辆之前往码表中塞进硬币，使得管理员发不出一张罚单，两手空空地完不成当天的处罚指标。管理员终于发现有人在搞怪，冲到他面前责问为什么要跟踪他。这个过程被拍成视频分享到网站上，也算为对停车管理员积怨甚深的网友们出了一口气。

随着电子技术的应用，部分码表可以自动监控车辆的牌照和付费情况，对超时停车的车辆自动开具罚单，并将罚单信息以短信或电子邮件的方式发给车主，这样就取代了“码表女郎”的工作。

一般来说，各个城市都会规定在每天晚上（16点或17点以后）以及周末和节假日，将街边停车位和公共停车场开放免费使用，停车者在这些时间无须向码表投币。这些措施吸引顾客在非工作时间上街消费，受到了普遍欢迎。

三、争议

1985年发行的美国喜剧影片《墨菲罗曼史》（该片获得过第43届奥斯卡金像奖最佳男女主角提名）中有这样一个

情节：墨菲是南方小镇一家药品店的老板，他钟爱自己一辆作为遗产继承得来的老爷车，担心停放在别的地方会遭人破坏，因此把它停在自家店门口的街沿，便于随时照看。但那里是镇政府划定的收费停车点，人行道上竖立着收费码表。一次，他去镇公所缴纳违规停车罚款，共22张罚单，显然是一个月里累积下来的，除去免收停车费的周末，每天一张，总共要支付220美元。镇公所的雇员觉得他很傻，劝他要么把车子移走，要么多兑些硬币在码表上付费。墨菲却说，希望政府能把他家门口的码表迁走，迁走后他会在码表的位置种植一棵大树，不仅能替行人遮阴挡雨，还可为街上遛狗的居民提供让小狗抬腿撒尿的地方。镇政府拗不过他，还真听了他的话，不久就派工人来拆除了码表。

停车计费码表对城市交通管理所起的作用是毋庸置疑的，但驾车者对计费码表也有不少抱怨。首先，尽管当初设计考虑了露天的使用环境和防止人为破坏的因素，但码表设备维护不善出现运行故障，仍然是经常发生的事情。比如机器不接受硬币、吞下后又吐出来，或者吞下硬币却并没有在屏幕上显示，又不退币，让人干着急；按下“打印收据”按钮后并没有收据出来；冬天塞硬币或插信用卡的槽口被冰封住，或者被人为用假币、废纸等塞住；等等。

如果你在路边停好车准备去付费，却发现码表坏了，是不是可以不付费停车呢？不同的城市规定不完全相同，有的城市说可以停车，但需要你打电话报告码表的编号以及你的车号，便于管理员核查。纽约市的规定要复杂一些，除非所在街区、邻近街区以及附近公共停车场的收费设备都坏了，才允许免费在该车位停放所允许的最长时间，如该车位最多只能停车两小时，那必须在两小时后移走车辆。

限时停车位也是经常被诟病的问题之一。一位男子到城里听一场历时三个多小时的音乐会，他所停车的车位码表只允许一次支付最多两个小时的停车费，这就意味着他须在音乐会中场休息时出来重新加付停车费，否则就有吃罚单的风险。该城市的市长接到投诉后，解释说街边停车位就是满足短时停车需求的，限制停车时长以加快周转是合理的，如果像这名司机一样需要长时间停车，就应去附近的公共停车场或大楼停车库停车，尽管这样他需要来回多走点路。

另一种情况恰好相反，一名驾车者到城里与朋友约饭，预付了两个小时的停车费，但刚到餐厅却接到朋友的电话，说临时有事来不了了。既然约会取消，驾车者只能提前离开，已经支付的停车费却是退不了的。

纽约市当局推出了被称为 Muni-meter 的停车管理方式，即街边某个区域不划线显示车位具体位置，允许司机自行在该区域内找地方停车，然后按预计停车时间在码表上付款，将打印出来的收据放在车内挡风玻璃上展示，以便管理员检查。据说这种方式可以让该区域尽可能多停车（比如两个标准停车位内也许可以停下三辆紧凑型小车），同时堵住了司机“停顺风车”的漏洞，增加政府收入。例如上面故事中的司机提前驶离停车位后，紧接着有另一辆车停到了这个位置，一看码表显示还有一个半小时的停车时间，他就可以不用掏钱付费了。

从管理的角度，我对这两个目标能否达成是存有疑问的：没有车位框线后会不会鼓励司机（特别是停车不熟练的司机）随意停车，车子之间距离没有那么紧凑反而减少了可以停放的车辆数了呢？“停顺风车”的问题可能在理论上还是避免不了，须提前离开的司机将还有剩余时间的停车票打折转卖给后来的停车者，或者停车票扔在地上，给后面的停车者捡起后继续使用。当然，如果剩余时间只有十分钟、二十分钟，司机们不屑于将其再利用，积少成多也能让政府增加可观的停车费收入。

在纽约布鲁克林的一个街区，街边电线杆标有三个告示，分别是“每周五 11：30 至 13：00 为该侧街道清扫时间，不得停车”“上述时间内付费码表停止运行”“每天 9：00 至 19：00，码表付费两小时停车，周日除外”。某个星期五，由于是法定假日，这天扫街暂停，一位名叫莎拉的女士 11：30 在街边停车后，查看了街上的告示，认为此时是允许付费停车的，所以她向街边的码表投入了停车两小时的硬币，但机器拒绝收钱。显然，是码表管理人员忘了给这台码表设置今天是公众假日扫街暂停的指令。莎拉向街对面望去，对面是全天非停车区域，因此不设收费码表。她就此认定可以按码表故障的情况免费停车，就放心地离车而去。

谁知，等她办完事回来取车时，却发现车上贴了未付停车费的罚单。原来，在相邻的一条街上是有码表可以付费并打印收据的。莎拉由于粗心或理解有误吃到了罚单，可谓“哑巴吃黄连，有苦说不出。”

纽约停车告示

目前美国各个城市考虑到码表制造和维护的成本，仍有相当数量的码表只接受面值 25 美分的硬币，每枚硬币允许停车 10~20 分钟不等。有经验的驾车者往往会事先去银行、便利店或洗衣店兑换好硬币，花 10 美元可以换到纸张包着的一长条硬币卷，放在车上备用，事先没有准备的司机则可能在停车时被一枚硬币“逼死英雄汉”。后来新安装的码表逐步可以同时接受 50 美分或 1 美元的硬币，但随着停车费不断涨价，一次停车动辄需要 10 美元以上的停车费，即使全投 1 美元硬币，也须准备好分量不轻的硬币罐。

宾夕法尼亚州的上德比市（Upper Darby）在2021年前后发生了这样一件趣事：有人偶尔向只收25美分硬币的码表中投入1美分的硬币，机器竟然接受了，给了他与25美分同样的20分钟的停车时间。他又在其他机器上试验，也是屡试不爽。这个发现一传十、十传百，悄然传开来了，居民们享受着停车费的96%折扣，但大家约好不在社交媒体上谈论此事，免得当局知道后会采取措施堵塞漏洞。事实上，管理当局后来也了解了此事，但苦于缺乏经费，决定睁一只眼闭一只眼，坐等这批码表到了计划淘汰的时间后再予以更换，所以看来当地的司机们还可以在相当长的一段时间里，继续享受意料之外的"停车费折扣"。

2011年，纽约州布法罗市曝出了市政雇员监守自盗的案件，这位名叫詹姆斯·巴加罗佐的机械修理工被指控在8年时间里从该市管理的收费码表里盗窃了总价值超过20万美元的25美分硬币。巴加罗佐在2003年开始担任码表修理工，和其同事一起负责全市1200台码表的修理和服务。按理他没有打开码表储币盒的权限，也不负责从码表中取款，但他前后在70多台码表上动了手脚，停车人投入的硬币没有正常落进储币盒，而是掉落到了他设计的空间里，再由他来取出。他把偷来的硬币码得整整齐齐，拿到银行里去兑换成大额纸币，对外推说是给经营自动售货机业务的朋友帮忙，愣是好多年也没有引起银行的怀疑。

布法罗市2010年新上任的停车管理专员发现，在停车位利用率接近的情况下，传统的机械式码表的停车费收入要大大低于新安装的电子式码表，因此起了疑心，派人暗中进行调查，最后动用当地警方和联邦调查局的力量，终于查获了巴加罗佐与其一名同事盗窃公款的证据，并将两人绳之以法。2012 年 9 月，巴加罗佐认罪服法，被追回 21 万美元的赃款，并被判以 30 个月的监禁。

如今越来越多的码表有了刷信用卡付款的功能，投硬币的方式逐渐淡出历史舞台。随着应用程序和移动支付技术的普及，美国街头常见的停车计费码表本身也将完成历史使命，放入博物馆中供后人参观了。

现代版的“飞行账单”

都说美国是“车轮上的国家”，汽车的普及率可见一斑。汽车在 19 世纪末 20 世纪初发明、生产和大量使用，不久之后美国就出现了让人们开车进入、不用下车即可完成交易的商业服务。特别是快餐厅，只要驾驶汽车来到餐厅窗口，现场点餐，很快就能从店员手里接过装在纸袋里的热腾腾的食物，然后驾车离开。这就形成了在美国广受欢迎的“免下车文化”（drive-thru culture）。后来，人们提前打电话或在网上点餐，然后驾车直接到餐厅取货窗口，按照订单烹饪的菜品已经等候在那里了。可以免下车直接享受的服务，也逐步从餐饮业扩展到其他方面，如加油站、电影院、杂货店、药店、银行，等等。

有人将 drive-thru 直译为“驾入式”，也有的结合这个复合词的音义译为“得来速”，但这些译法并没有约定俗成得到普遍认可。相对而言，“免下车”更符合汉语的使用习惯，也更容易让人理解。

近年的新冠疫情还催生了“免下车葬礼”。人们驾驶车辆按预约时间来到殡仪馆的接待窗口，等窗口开启后可以见到室内陈列的逝者遗体，盛放遗体的棺木被略微侧转以便于瞻仰。吊唁者听着窗口音箱播放出来的哀乐，行注目礼表达哀思，在规定的几分钟之后默默地驱车离开。有的殡仪馆还会让服务员向车上递来吊唁簿，让吊唁者亲笔签名，给逝者家属留作纪念。

我自忖对美国的免下车文化并不陌生，但近日首次见到的银行免下车服务通道使用的气动物流传送系统，还是让我大开眼界。我来到一家万国银行（Wells Fargo Bank）营业厅办理业务，透过柜台上方的玻璃看见里侧有一位柜员背对着我面窗而坐，用麦克风与窗外的顾客交谈。我意识到窗外就是银行的免下车服务通道，顾客是坐在车里的。我饶有兴趣地观察那位柜员的工作，看她办完了第一笔业务，礼貌地问：“还有什么可以帮到您吗？”顾客回答说没有了，柜员客气地与之道别：“祝您度过愉快的一天！”

银行免下车服务柜台

然后，她熟练地按下某个按钮，说："您好，欢迎来到万国银行，有什么可以帮您吗？"原来，她已经是在接待等候在另一个车道上的顾客了。顾客听上去是想把现金存进银行，柜员询问了存款的金额，从抽屉里取出一张存款指示单，填上了金额，将其放入圆柱体形状的塑料瓶中，盖好瓶盖后将瓶子放入桌子上方看上去像小柜子的腔体内，又按了一个按钮，塑料瓶"倏"的一声就不见了。原来，她的桌上有三四个这样的小柜子，柜子上方都有透明的管道通向墙外，每一根管子对应着一个车道，塑料瓶通过管子被运送到了车道旁的传送站柜子里。顾客通过对讲机确认他接收到了塑料瓶，柜员指导说："请您核对一下存款金额是否正确，在指示单的最后一行签名，然后将指示单以及您的银行卡、要存入的现金共三样物品放进瓶子，盖上瓶盖，再将瓶子放入小柜子，关上小柜子的门，就可以了。"顾客照做

免下车通道旁的传送站

了，又是“倏”的一声，塑料瓶顺着管子回到柜员的小柜子里。她开门取出瓶子，办理好了存款手续，再将回单放入塑料瓶，回传给顾客。

又一笔业务就这样办理完成了，柜员微笑着对顾客说：“祝您度过愉快的一天！”然后，她按一下按钮，切换到服务另一个车道顾客的模式。

塑料瓶因其头尾两端所受到的空气压力不同被吸入管路，并被驱动在管路中运行，通俗点说就是利用了真空和压缩空气的原理。这种塑料瓶在透明管路内来回穿梭的情景，令我联想起国内三四十年前百货商场常见的票夹铁丝传送系统，也有人称之为“飞行账单”。商场设一个总收银台，有铁丝绳以收银台为中心呈放射状连接到各个柜台，铁丝绳上挂着宽大的铁夹。柜台营业员与顾客成交后，就在销售单上填写货物品名、规格、数量、单价、总价等信息，单据底下放有蓝色的复写纸，可以同时填写一式几联，然后把单据和顾客交来的现金等一起夹在铁夹子里，使劲抛甩，铁夹子就顺着铁丝绳飞快地滑向总收银台。收银员（那时叫作“现金会计”）接住夹子，把夹着的东西取下来，用算盘核对一下票据上的数字是否正确，然后收下现金，数好需要找还的零钱，在复联上盖好付讫章，然后把零钱卷在复联里，再夹到铁夹里，原路甩向柜台。营业员将收据联和找零以及顾客购买的商品一起交给顾客，把属于自己留存的那联单据放入柜台抽屉里，一笔交易就算完成。来自不同方向、夹着纸条的铁夹在蜘蛛网一样的铁丝绳上来来往往，犹如蝴蝶飞翔在商场的半空，令孩童时的我百看不厌。

如今第一次见识银行“免下车”服务模式，其传送系统与以前百货商场的“飞行账单”极其相似，只是塑料瓶代替了铁夹子，透明管路代替了铁丝绳，空气动力代替了人力抛甩，堪称现代版的“飞行账单”。

后来，我在影片《布鲁克林》（*Brooklyn*）中发现一个细节，女主人公爱丽丝在20世纪50年代从爱尔兰移民到美国纽约，在一家高档百货商场服饰柜台担任店员，她伸手从柜台旁亮闪闪的铜质管口（看上去像自来水龙头）取下销售单据和零钱，交给顾客，可见商场也是使用了气动式的管路传送系统，与空中铁丝传送相比，显得更为安静、隐秘和先进。

银行免下车通道

除了豪华商场和银行，气动式传送系统也曾经应用在其他多种场合。比如医疗行业，医药商店的后台人员按药方挑拣好药物并通过气动管路传送到前台，由前台核对后交给顾客，甚至还可以使用机器人将后台挑拣工作自动化。此外，有的医院用气动管路将采集到的血样第一时间输送到中央实验室化验。再比如，明尼苏达州艾迪纳市的一家麦当劳餐厅曾使用地下管路将汉堡包从厨房输送到室外的免下车服务通道，由驾车者自助取出。

据有关资料，气动式传送系统其实多年前就已经在美国的银行界使用，后来随着 ATM 机自助存取款等新技术的应用，不少银行取消了有人工服务的免下车办理模式，拆除了部分气动式传送系统，怪不得我以前没有见过这种系统。新冠疫情暴发后，为降低顾客在室内营业厅办理业务时发生交叉感染的风险，同时也为了照顾不习惯使用 ATM 机的顾客，部分银行又恢复或新建了气动传送系统，提供非接触式人工服务。当然，这种方式一般仅适合于存取款等比较简单的银行手续，开户、投资等复杂业务还是要到厅内办理的。为了避免顾客排队等候时间太长，有的银行还规定在免下车通道一次办理的业务不超过三笔。

气动式传送系统适用于银行同时有多个免下车通道平行布置的情况。如果仅设一个靠墙通道，一般只需在服务窗口下方设置可以双向滑动的抽屉，其高度适合于驾车者伸手从抽屉中取物。像我来到的这家万国银行，设置了多个服务车道，室内却仅有一位柜员在服务，是否会造成车道资源浪费呢？我自己琢磨出来的解释是：因为有了多个车道，就有多个顾客可以直接驶入服务通道，而不用在同一个通道后排队，避免队伍过长。顾客办理完业务后，还需要清点、核对并放置好钱款，再启动车辆离开，至少花费几分钟时间，而柜员可以第一时间切换频道、服务另一位顾客，以提高效率。如果顾客准备工作不充分，轮到服务时还在费劲地掏钱、数钱，动作过慢，柜员也可以采取“多任务”模式，接待另一车道的顾客，并在两个（甚至多个）顾客之间随意切换，减少相互等待的时间，当然这对柜员的服务能力提出了更高的要求。在顾客集中抵达、业务繁忙的时候，银行也可以安排更多柜员到免下车柜台支援。为进一步加快周转速度，银行一般还会在通道入口处放置空白的存取款指示单，提醒顾客自取留存，下次来办理业务时在家提前填写好。

我曾经问当地的朋友，人们为什么特别青睐免下车银行服务呢？她回答说，首先当然是方便、快捷，采用驾车进入方式可以节省停车、锁车、进出营业厅等环节的时间。走免下车通道还可以避免一些意想不到的麻烦，比如，车上载着婴儿，家长如下车办理业务，还须调整婴儿座位、抱着孩子进入营业厅。不少人车上还带着宠物，他们不愿把狗独自留在车上，但有些银行营业厅禁止宠物进入。此外，免下车服务安全性好，在取了大额现金后被人尾随打劫的机会大大降低，当然在疫情期间也可以降低感染的风险。

如今，随着网上银行、移动支付等新技术应用的推广，人们前往银行办理现金业务的次数日益减少，同时银行 ATM 机的功能渐臻完善，采用气动式传送系统的免下车服务模式恐怕也会像百货商场的“飞行账单”一样逐渐消失，逐渐淡出人们的视线，成为一段被时光模糊的怀旧记忆。

“精神冰淇淋”

一

有一次我到加州长滩市出差，中午时分约了几个同事一起去吃越南河粉。河粉在英语中按越南语读音写作Pho。我们找的这家餐厅名为123Pho，直截了当。我们每人点了一大碗河粉，就像中国人吃的汤面，汤里除了有薄片牛肉和炖

越南河粉店外观

得酥烂的牛筋，还有青菜叶、洋葱丝、罗勒，另外还可以根据个人喜好加入豆芽，滴上青柠汁。吃到一半，我若有所感，对同事说：“刚才我们都是按中文习惯，把餐厅名字念作‘一二三 Pho’；如果全部用英文发音来念，‘one two three Pho’，Pho 读音与 four 相近，如同是在说‘一二三四’，显然这还是一个谐音梗呢。”经我一说，同事们纷纷微笑点头。

受这个店名的启发，如果以后看到名字叫作 Pho Ever（与 forever 谐音）、Pho Most（与 foremost 谐音）、Pho Seasons（与 four seasons 谐音）的河粉店，估计我也不会感到惊讶了。如果河粉店正好开设在警察局、消防队或者兵营附近，店名可以叫“10-Pho”，或许会受到欢迎，因为它谐音“10-4”，这是美国执法单位人员熟知的无线电应急口令之一，意思是“指令收到，好的”。

一碗荤素搭配、有汤有料的河粉，让食客的口腹得到愉悦，午餐的目的即已达到。如果食客还能 get 到餐厅店名的谐音梗，如同给大脑也上了一碟甜品，无形之中让顾客增加了体验感，用品酒师的术语来说，就像是让一瓶葡萄酒有了层次感和复杂度。谐音店名也能让顾客加深印象，吸引回头客，产生较好的广告效果。

我们经常在街角见到的连锁便利店“7-Eleven”也使用数字作为店名。“7-11”并非某个口令，起这个名字明显是因为 7 和 11 两个数字在英语中押韵。一家销售工艺性室内装饰和家居用品的连锁商场叫作 Hobby Lobby，店名也采用

7-Eleven 便利店

Hobby Lobby 家居店

天天美食店

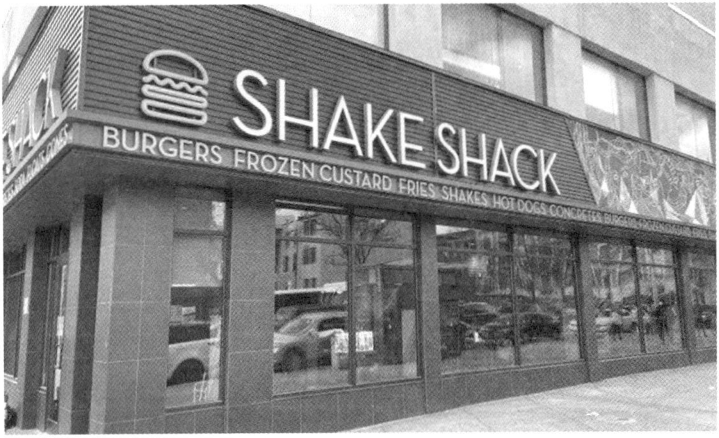

昔客堡汉堡店

了押韵的手法。Hobby 意为“爱好、个人兴趣”，lobby 意为“大堂、前厅”，两个押韵词连起来意思是“从事个人兴趣爱好活动的场所”，作为店名也别具特色。这种押韵方式叫作“押尾韵”（rhyming）。

英语中还有“押头韵”（alliteration）的修辞方法。新泽西某个城市有一家熟食店，名为 The Daily Deli，直译过来为“天天美食店”。Deli 是 delicatessen 的简写，daily 和 deli 两个词虽然中间的元音不同，没有押尾韵，但第一个辅音字母都是 d，押了头韵，而且元音的读音也相近，听起来有音乐节奏感。纽约的连锁汉堡店 Shake Shack 店名也采用了押头韵的方式。Shake 译为“奶昔”，是半液体状的甜品，也是这家快餐店主打的饮品；shack 意为“棚屋”，两个词连起来意思是“奶昔小屋”。这家连锁店目前已进入中国市场，据说它给自己起的中文名字是“昔客堡”。

二

国内一位从事计算机技术工作的朋友与其丈夫到美国看望在得克萨斯大学奥斯汀分校留学的儿子，并趁儿子学校放假，一家人租车自驾去得州西部和新墨西哥州旅游。度假结束回国后，这位朋友兴奋地通过语音信息跟我交流说：“使用电脑办公的人一般都知道美国 Adobe 软件公司，图片处理软件 Photoshop 就是这家公司开发的。如果我们对自己所拍的电子照片不满意，往往会说要 P 一下或 PS 一下，就是指使用这个软件进行编辑处理。此外，这家公司还发明了 PDF 文件格式，并推出了 Acrobat 软件来处理 PDF 格式的文件。"

"我以前就知道，Adobe 这个词要念成'奥多比'，与英语单词 globe、probe 尾韵念法不同。这次去旅游，参观了西班牙殖民时期的传教营以及墨西哥等拉美国家移民的房屋，才了解 adobe 这个词源自西班牙语，意思是土砖，是不少拉丁风格房屋常用的建筑材料，用这种土砖盖的房子就叫 adobe houses。这次旅行，也算开了眼界，还加深了我对 Adobe 公司的印象。"

"我们还去参观了当地人制作土砖的工厂现场，就地取材，主要使用当地的黏土含量较高的泥土，与轧碎的麦草和砂子按一定比例倒入水中混合，搅拌均匀后倒入木头模具，手工压实抹匀，晒干后即成为方形的土砖，不须放入窑中烧制。砌墙的时候，在土砖间的缝隙中倒入水泥灰浆黏合，土砖的表面粗糙，反而更容易增加泥灰的抓力。"

受她热情的感染，我答复说："你很注重观察和联想，说得没错，但你知道这个公司名是怎么来的吗？公司的两位创始人约翰·沃诺克和查尔斯·格施克原来在加州硅谷的施乐公司供职，1982 年两人辞职创业，因硅谷附近有条奥多比河（Adobe Creek），就以 Adobe 来命名新创的公司。公司标识围绕大写字母 A 而设计，还是沃诺克太太的创意呢。"

"哦，原来 Adobe 来源于河流的名字啊。"

"用相关地名来给企业或品牌命名，是个常见的做法。

比如，大家熟悉的仓库式连锁卖场开市客以前总部位于华盛顿州库克伦县（Kirkland County），所以开市客销售的自营商品统一采用 Kirkland Signatures 的品牌。”

我翻出她在微信朋友圈里配发的一张旅行途中拍摄的照片，进一步解释说：“你看，这张照片里你们三人一色的‘美式装备’。租赁的车辆是美国通用汽车公司旗下的凯迪拉克，这个品牌得名于缅因州阿卡迪亚国家公园里的凯迪拉克山（Cadillac Mountain）。

“半穹顶”巨石

“你们三人脚上穿的都是 Columbia 品牌的徒步鞋。哥伦比亚运动服饰公司总部位于波特兰市，公司的名字源自位于俄勒冈和华盛顿两州的著名河流哥伦比亚河，该河两岸有大片山林，适于开展户外运动。

“你儿子穿着 Ozark Trails 品牌的运动外套，这个品牌名称来源于美国中南部的奥沙克山脉（Ozark Mountains）。你先生穿的是 The North Face 外套，这个品牌其实也来自地名，指的是美国约塞米蒂国家公园里名为‘半穹顶’（Half Dome）的巨石的北面，所以该品牌的标识图案是四分之一的圆形。北半球山峰的北面是背阴面，常年被冰雪覆盖，攀爬难度大，挑战它需要有更大勇气。作为女主人，你的外套是 Patagonia 品牌，估计价格最贵吧，这是美国的高端户外品牌，名称同样来自地名，但这个名为巴塔哥尼亚的地方不在美国，而是位于南美洲的南端，分属阿根廷和智利，西部有高耸的安第斯山脉，包含湖泊、雨林、冰川等多种地形，东部则为高原台地、沙漠、草原等，也都是户外运动爱好者的天堂。”

朋友看我如数家珍，忍不住哈哈大笑：“敢情我们穿的都是地名啊。”

三

一位同样是外派来美的同事不久前携妻子去波多黎各度假。波多黎各是加勒比海岛屿之一，虽是美国的属地，但在地位上似乎还是比美国的50个州矮了一截。他回来后和我们聊起旅程趣事，提到他们从圣胡安国际机场搭乘飞机返回美国大陆时，被告知不能携带波多黎各生产的猪肉产品登机，防止猪肉中含有病虫害危及美国本土的农牧业。机场的行李检查处还贴出了写有“Pigs don’t fly”（猪不能上机飞行）的告示。同事觉得这个告示很诙谐，言简意赅。

我喜欢刨根问底的劲头又上来了，跟朋友解释说：“Pigs don’t fly，这个告示除了具有诙谐形象的特点，其实还有一层弦外之音，也算是双关语吧。英语中有个谚语 when pigs fly，意思是‘此事不可能发生’，接近中文‘铁树开花’的意思。比如，生性懒惰的人会自嘲说，‘等猪飞起来的时候，我再打扫房间吧。’近几年，新创企业和风险投资界流行着 Even pigs can fly in a hurricane 的说法，也就是小米公司创始人雷军喜欢说的名言，‘在风口上，猪也能飞起来！’”

幸亏这位朋友也喜欢探究异国文化，对我“喜欢卖弄”的特点见怪不怪了。他略有所悟地说：“原来还有这个典故啊。你这么一说，我也想起来了，汉语中有‘男人靠得住，母猪会上树’的说法，虽然意思与英文成语不完全一致，倒也是异曲同工的。”

我与朋友相视而笑，那感觉就像是在炎炎夏日里，心灵深处品尝了一碟清凉的冰淇淋，甜蜜而惬意。

手指会“说话”

与同事聊天时，常唏嘘目前美国的“零元购”现象，有些大胆之徒到商店、超市拿了商品，不付钱就大摇大摆扬长而去，店员对此束手无策，不敢出面阻止，即使报警也不会有太大用处。这种现象在加州尤为普遍，人们往往将此归咎于加州在 2014 年投票通过的第 47 号提案《安全社区和学校法》，该法律将总价值不足 950 美元的盗窃行为从重罪改为轻罪，只需判处一年以下监禁或 1000 美元罚金，而且一般都是庭外和解，很少上庭起诉，因而不少人有恃无恐地实施商店盗窃甚至哄抢，以前可能还要遮挡脸部避免被人认出，后来干脆堂而皇之地公开偷窃，犹如正常顾客一般从容。

“零元购”是华人首创的诙谐说法，英语中尽管也有了 zero-dollar shopping 的译文，但没有得到广泛应用，当地人还是更多地直接使用 shoplifting（入店行窃）一词。其实，英语中本来就有同样意思的俚语 five-finger discount，意为“顾客”用自己的五个手指“替商店老板打折”，而且是 100% 的“折扣”，支付价格为零。

“不许偷窃”告示

汉语的“购”字和英语的discount都符合商店偷窃的语境，因而用“零元购”和five-finger discount来指代shoplifting的行为可谓是异曲同工。

英语中对小偷小摸行为还有sticky fingers的说法，某人假如长了sticky fingers，手指上像刷了胶水，一碰到别人的东西，紧紧粘住后再也甩不开了。sticky fingers与中文里“三只手”的说法意思相近，可以使用在生活中各种场合，范围比shoplifting更广。

人的五个手指，在中文里分别叫作大拇指、食指、中指、无名指、小拇指，英语中一般称为thumb、index finger、middle finger、ring finger、pinky finger。手的five fingers中包括了thumb，thumb也是fingers中的一个。但另一方面，人们又常说thumb and fingers，即把拇指与其他指头区分开来，也就是不把thumb当作finger。大拇指在五指中最粗最短，显得最为笨拙，如果某人自嘲I am all thumbs today，就是说他自己今天手脚特别笨、啥都做不好。Thumb有时是finger、有时又不是finger，也真是难为咱们的“大拇哥”了。

但大拇指有个本事是其他手指做不到的，就是人可以“跷起大拇指”表示欣赏、点赞。英文中也是如此，但大拇指一般须用复数，称为 thumbs up 或 thumbs-up，似乎非得同时翘起两个大拇指不可；同时，thumbs-up 常被用作名词，而且作为单数，可以说 the thumbs up，也可以说 a thumbs up，比如：

Ask Tom if he wants another beer, and he'll always *give you a thumbs-up*.（问问汤姆要不要再来一瓶啤酒，他毫无例外都会竖起拇指笑纳。）

有 thumbs up，自然就有 thumbs down 表示“不赞成、不同意”的意思，恐怕用过手机表情包的人都知道这一点。

我们还会听到“拇指法则”或“大拇指规则”的说法，源自英文的 rule of thumb，意思是“凭经验概括总结得出的规则”，这个法则可能不太精确，但大致差不离，精准程度要比中文说的“毛估估”高一点。关于英文中这个习语的来源说法不少，比较有趣的有两个：一是说以前的木匠用他拇指的宽度作为测量的单位，来估算两点间的距离；另一个说法是，18 世纪英国有个名叫布勒的法官作出判例，男人用粗细不超过他拇指宽度的木条打老婆，就不算犯法。如果第二个说法属实的话，拇指小的男人在婚恋市场上恐怕会更有竞争力了。

手指做出的手势，可以表达很多意思，似乎手指会像嘴巴一样“说话”。用“竖中指”来表示侮辱对方的意思，来源于英语中的 to raise the middle finger，也可说成 to give someone a middle finger 或直接说 to give someone the finger。

美国作家詹姆斯·帕特森所著的小说《公诉阿列克斯·克劳斯》中有这样一个情节：

Ali and Bree entered (the courtroom) a few moments later. As the door swung shut, Ali faced the reporters peering in. Then he *raised his middle finger* in the universal salute.

"Ali!" Nana Mama cried, grabbing him by the collar. "That is unacceptable behavior!"

文中的 Ali 是主人公克劳斯警官的儿子，他憎恨记者们对他父亲的苛责和骚扰，所以看到记者们在法庭门口东张西望时，忍不住朝他们竖起中指以示蔑视，作者诙谐地说这个动作是 universal salute（万国通用的"敬礼"方式）。但被尊称为"Nana Mama"的曾祖母还是严格要求晚辈，抓住 Ali 的衣领训斥说："这种下流动作，任何时候都无法接受！"

詹姆斯·帕特森的另一部小说《犯罪的夫人们》这样写道：

交叉手指祈盼好运

（crossed fingers）

... Finally, I was taken to a cell on the fourth floor.

Maybe this was the penthouse suite. Maybe they wanted me on the top floor so I could have a better view of the countryside. *But I wasn't crossing my fingers.*

英语中的 to cross one's fingers（交

叉手指，一般是交叉食指和中指）这一手势的意思为“祈望获得好运”。小说中的“我”含冤入狱，被押解到位于监狱最高层四楼的监舍，当然不会指望那是可以观赏乡间风光的顶层套房。

“小指”在英文中叫作 pinky finger，当然也可以说 little finger、small finger。我国的孩童之间经常会用小指拉钩，嘴里还会同时念叨“拉钩上吊，一百年不许变”，表示君子一言、驷马难追的意思。美国的小孩们也会做这个动作，并称之为 pinky promise 或 pinky swear。据说，双方拉过钩之后，一旦某方今后食言、不守信（break a promise），另一方是可以折断他的小手指作为惩罚的（break a finger）。孩子们一边互相勾住小指，一边可能还会唱道：

Pinky, pinky bow-bell,
Whoever tells a lie
Will sink down to the bad place
And never rise up again.

我把这段童谣试译成中文如下：

小指小指拉勾勾，
说话不算是小狗。
让他沉到烂泥里，
再也没法回家去。

拉钩发誓（pinky swear）

当今在不少国家，有两个手势比较流行，一个叫作“剪刀手”，就是用食指和中指摆出类似“V”的形状，也有人把它叫作“比耶”，是女孩子拍照时较受欢迎的姿势。另一个叫作“比心”，就是将手的其他三个指头合拢，而食指和拇指的上部交叉，模仿“♡”的形状，代表“爱”的意思。

在英语中，V代表着victory（胜利），因而“剪刀手”或“比耶”手势被称为victory sign、V sign或victory hand，同时也称为peace sign，例如：

When we approach people on the street to take their photos, what kind of pose do they strike? Indeed, *the peace sign* is a

剪刀手（peace sign）

比心（finger heart）

common choice.（我们在街上要求给行人照相时，他们会摆出什么样的姿势呢？的确，“剪刀手”是个常见的选择。）

那么，用手指“比心”在英语中怎么说呢？就是 finger heart，请看以下的例句：

Often, while talking to a crush in text messages, sending red hearts can seem too risky. But with a *finger heart*, you can say what you want to and be all mushy and still have the scope to cover up if something goes wrong.（通常来说，在与暗恋对象短信聊天时，直接发颗红心会显得过于冒险。如果发一个手指的“比心”，你可以直抒胸臆、热情表白，一旦出现状况时也有转圜的余地。）

顺便说一下，除了用同一只手的食指和拇指“比心”外，还有人用两只手的手指比出心的形状，这种手势称为 heart hands；有人将双手举过头顶，或者两个人各用一条手臂，合作围出心的形状，因为须伸展胳臂，都被称为 heart arms。

双手比心（heart hands）

伸臂比心（heart arms）

最后谈谈需悉数用上一只手五个手指的手势，即食指与拇指搭在一起形成圆圈，代表英文字母O，另外三个指头张开伸直，代表英文字母K，这就是英文中说的OK hand gesture或OK sign，在中文里相应表示“好嘞”“没问题”的意思。这本来是一个“人畜无害”的手势，但自2019年以来被美国“白人至上”团体用来传达仇恨的意思，因而需要慎用。

英语中的混成词及其翻译

随着社会发展，人们需要创造新词来命名新的事物、表达新的思想，英语创造新词的途径之一是混成法。混成词在英语中叫作 portmanteau，本义是“分成两格的行李皮箱”，看上去就像将两个皮箱用铰链接合，成为一个箱子。引申开来，将两个单词掐头去尾拼成一个单词，就叫“混成词”。这个单词源自法语，由 porte（携带）和 manteau（斗篷）两个单词组成。

大家公认比较成功的混成词有：motel，译为“汽车旅馆”，由 motor 和 hotel 混合而成；brunch，译为“早午餐”，由 breakfast 加 lunch 混成；internet，就是大家熟悉的“互联网”，最初是由 interconnected（互相连接的）和 network（网络）拼接而来。

也有的混成词创造出来后，用途不广，没有产生太大的影响，如由 baby（婴儿）加 honeymoon（蜜月）混成的 babymoon，意思是夫妇在婴儿出生之前赴外地休假放松，这个词在一定的上下文中似可创造新词“贝月”进行对译。由 honeymoon 与 volunteering（担任志愿者）混成的 honeyteering，意思是新婚夫妇一起参加公益志愿者活动，来代替蜜月旅行，不妨译为“蜜月志工”；由 crime（指电影中的犯罪片）和 comedy（喜剧片）混合而成新词 crimedy，即“犯罪喜剧片”，等等。

另有三个混成词 staycation、bleisure、glamping，已基本为美国社会所接受，本文将对它们做些介绍和分析，并谈谈它们在中文里如何翻译。

Staycation 是将 stay（待在家里）与 vacation（度假）混合在一起组成的新词，意思是待在家里或就近消遣，以代替出外旅行度假，目前中文一般译为“宅度假”。一般认为这个词是 2019 年后新冠疫情期间出现的，因为这个时期人们担心赴外地旅行度假容易感染病毒，选择在家中度假，如在自家泳池游泳、健身，在后院晒日光浴、阅读，或到家附近的公园徒步，参观当地的博物馆等景点。其实，staycation 一词 2005 年就在美国亚拉巴马州的一份报纸上出现，甚至有人还将它的起源追溯到 1999 年某篇网络评论文章。2008 年 5 月，美国的汽油价格飙升到历史高位，原来喜欢开车外出旅行的人也只能选择宅在家里，staycation 这一看似无奈之举的度假理念也得到更多的认可。

与 staycation 意思相近的混成词还有 nearcation、daycation、holistay（由 holiday 与 stay 混合而成）等。分析起来，staycation 也分为宅在自己家里和在家乡就近度假两种情况，也可认为前者是狭义的“家”，后者是广义的“家”。如果自家居住条件和环境并不理想，宅在家里恐怕很难有度假的感觉，就近度假也许是不错的选择。比如平时上班经常路过某家五星级酒店，终于下决心在假日期间入住，尽情享受酒店的设施和服务，暂时将烦琐的家务抛在一边。

以“宅度假”翻译 staycation 固然不错，但汉语中以两个字组成的词最为常见，是否能找到合适的两字词来与 staycation 对译呢？笔者利用“假”与“家”的谐音新造出“休家”一词，在如下的上下文中用来翻译 staycation 显得简洁明了：

Can't afford a vacation? Try staycation.

休假太贵承担不起？试试“休家”吧。

有些新造词就是经约定俗成后被正式接受的，“休家”一词是否也有如此好运，我们只能拭目以待了。

Bleisure 是由 business（商务、工作）+leisure（休闲）混合而成，是指将商务差旅和休闲出游结合在一次行程中的旅行，一般译为“休闲商务旅行”。但以笔者来看，bleisure 是以商务旅行为主，顺带安排个人旅游，是由商务出差需求而引发的。但“休闲商务旅行”一词可能被认为是“以休闲为主、顺便处理商务”，也可以被理解为“休闲的商务旅行”。此外，“休闲商务旅行”一词共有六个字，也不太符合汉语言简意赅的习惯。笔者建议将“出差”和“旅游”两个词混合成“差游”这一新造词，与 bleisure 对译。“差游”也可与常用的“差旅”相对照，后者仅指出差旅行。

“差游”也可分成两种情况，一种是商务出差者本人在商务工作之余延长旅行时间，留出一点私人时间在出差地进行观光旅游；另一种是出差者携带家人随行，本人忙于公务，而家人可以去观光休闲。两者的目的主要是利用工作机会节省本来须由个人支付的部分交通或酒店费用，此外对须经常出差的人来说，可以借此增加与家人共处的时间，获取家人对其工作的支持。

“差游”如处理不当，会落下“公款旅游”“假公济私”的口实，也是它容易被人诟病的原因。这里所说的“公”，可理解为“公司”，泛指出差人员的雇主。如果企业规章制度能很好地厘清公私边界，规范“差游”行为，则可以使之成为让雇主和雇员双赢的企业福利，提高员工的职业满意度和幸福感，在企业人才争夺战中抢得先机。

“差游”这种旅行方式的兴起，也让商旅业者嗅到了商机，比如：安飞士租车公司在其移动应用程序中提供了账单分列功能，顾客可以对不同的服务项目标明是公司付费还是私人付费，并选择使用公司卡、个人信用卡或其他方式来进行支付，便于事后费用核销；万豪酒店集团顺应“差游”的发展趋势，对旗下酒店进行调整，使酒店本身成为休闲目的地的一部分，并提供额外的供住客体验当地生活的专门服务；有些商务酒店迎合出差者携带家人的需求，推出了适合家属和孩子的活动项目，为出差人员解决后顾之忧。

美国影片《阿鲁巴之恋》讲述了单亲父亲康纳的“差游”故事。康纳在位于美国加州圣迭戈的新能源公司任职，须在暑期去加勒比岛屿阿鲁巴出差处理风力发电投资项目的事务。他打算带10岁的女儿麦西一同去阿鲁巴，又担心自己无暇照看，所以招聘了小学女教师安波随行，让她负责照顾麦西的生活起居和辅导暑假作业。在工作之余，康纳也与女儿麦西和安波老师一起享受海岛生活，不仅密切了与女儿的关系，还克服了前一段婚姻留下的心灵创伤，与安波老师擦出了感情的火花。

第三个混成词glamping是由glamour（迷人、魅力）与camping（野外露营、帐篷露营）混合而成，有人译为“豪华露营”。这是给传统的帐篷露营生活增添一些舒适享受和奢华体验，如露营时还能享受烛光晚宴，配以精致餐具、美食和美酒，甚至可以有乐队亲临露营现场演奏等。

也有人觉得“豪华露营”这个词过于土豪，并不能完全表现露营者所追求的精致、风格和品位。笔者认为，不妨利用“露”与“乐”读音相近的特点，将glamping译为“乐营”，起初可以说“野外乐营”或“帐篷乐营”以便于理解，逐步让“乐营”一词获得认可。

“乐营”概念的兴起据说也与新冠疫情有关，人们不愿困在家里隔离，而传统的野外帐篷露营固然可以保持社交距离，但条件又过于艰苦了些。因而，不少人开始琢磨如何将露营玩出新的花样，通过创意获得不同的体验。比如，有人使用太阳光储能的吊灯，为帐篷营造温馨的环境；购买了无烟篝火桶，夜晚在帐篷外围绕篝火聚会畅谈而不必忍受呛人的烟味，还可以携带设计精巧便于收纳的野营冷柜和灶具等。

Staycation、bleisure 和 glamping 三个混成词，代表了西方休闲旅游三种新的方式，其影响也在逐步扩散到其他国家。笔者建议采用“休家”、“差游”和“乐营”这三个创新的汉语词汇，作为它们的对应译名，也希望这些新词能得到公众认可并最终成为约定俗成的表达方式。

美国的社交礼仪

在西方社会，涉及身体接触的正规社交礼仪有握手、拥抱、吻脸等。男士向女士表示礼貌、尊敬和仰慕之意的吻手礼如今仅用于保守的上流社会、外交场合以及恋人之间的示爱，通常情况下已被握手或吻脸所代替。运动员在运动场上互相加油勉励和庆祝胜利，往往会采用碰拳、击掌、撞胸、拍臀等身体动作，其中前两个动作越来越多地被应用在日常的社交场合中。尤其在新冠疫情期间，为增加社交距离、减少肢体接触，人们提倡用碰拳（fist bump）或碰肘（elbow bump）来代替握手。

总体来说，握手依然是最常见的社交接触方式。有人把握手比作个人伸出去的橄榄枝，能起到消除陌生、联络感情、拉近距离的作用。但握手如果不得当，橄榄枝则可能变成带刺的荆棘。美国前总统特朗普把握手作为展示强势的途径，发明了特氏“四招”：一是握住对方的手往自己胸前拉，就像拔河一样，如对方准备不足很可能被拉个趔趄，加拿大总理特鲁多似乎看出了其中的门道，有一次他与特朗普握手的时候另一只手及时搭到对方肩上，帮助保持身体平衡；二是手上暗中运力，能把对方的手握出猩红印记，简直有想捏碎对方手掌骨的架势；三是把对方的手使劲往下压，恰如掰手腕一般；四是抓着对方的手不放，中间还用另一只手拍打对方的手背，他与日本前首相安倍晋三的一次握手历时 90 秒，安倍终于把小手抽回去时如释重负地直翻白眼。

与握手相比，拥抱是更为亲密的举动，在家人和熟悉的朋友之间比较普遍，而一般的社交场合是否应该拥抱、如何拥抱，是值得好好掂量的。在美国，对待拥抱的态度也因人而异，有人热情开放，自称 hugger，无论与对方是否相熟，见面时都会主动张开双臂索抱；有人趋于保守，轻易不接受拥抱，在社交场合往往会先把手伸出来，发出只握手不拥抱的信号。值得注意的是，异性之间与同性之间的拥抱姿势是不太一样的：异性拥抱时一般是女方将双手搭在男方肩上，男方双手从女方胳臂下方环绕至女方背部；男性之间拥抱时，则采用交叉手势，即一手搭在对方肩上，一手触碰对方背部，对方也是如此，以示平等，或者也可以在握手的同时，另一只手搭到对方肩上或者背部以示拥抱，握着的手也能使两人上身保持一定距离，避免过于贴近；女性之间的拥抱则比较自由，两种方式均可。

在一般社交场合，无论是异性之间还是同性之间，拥抱只是表示友好，无需搂抱过紧，时间长短以不超过在对方背上轻拍三下所需时间为宜，可谓“浅尝辄止”“点到为止”。

异性之间拥抱，往往须由女方主动发出信号，一般认为由男方主动是不得体的。

如果男方因为心怀不轨而主动索抱，那就更要付出代价。美国加州参议员鲍勃·赫茨伯格因喜欢同人拥抱而获得“抱抱熊”（Huggy Bear）的雅号，他在竞选期间常向支持者赠送“我被赫茨伯格议员拥抱了”的铜牌。2011年，新当选为加州众议员的琳达·哈尔德曼女士指控说，赫茨伯格在为新晋议员做培训时，经常主动与她紧紧拥抱，而且历时很长。她自认与他并不相熟，也觉得他的行为颇为奇怪，但因不便得罪这位资深政客，也就忍气吞声了。这种情况持续了将近两个月，哈尔德曼女士终于向他挑明：“我不习惯拥抱，请不要这样做了。”谁知这位仁兄不仅没有松手，反而做出更为明显的下流举动。她忍无可忍，向行政主管做了投诉，也把此事捅给了媒体，赫茨伯格方才歇手，从此再没有骚扰她。

2021年8月，曾经是民主党政治明星的纽约州州长安德鲁·库莫被指控多次以强行拥抱等形式，对女下属实施性骚扰，此事曝光后库莫灰头土脸，被迫辞职下台。

对政客来说，与同性之间的拥抱也不是百分之百安全的。2009年2月，当选刚三个星期的美国民主党总统奥巴马来到佛罗里达州迈尔斯堡市举办市民集会，推销他的7870亿美元经济刺激计划。在奥巴马演讲之前，当时共和党籍的佛州州长查理·克里斯特向来宾介绍奥巴马，并与奥巴马做了简短的拥抱。谁知这个无心的拥抱闯了大祸，他的同党政敌将之拿来大做文章，批评他前不久还说不赞成奥巴马的刺激计划，实为心口不一。他从此被贴上“民主党同路人”的标签，次年在与马可·罗比欧竞争代表共和党参选美国参议员的资格时败下阵来。与奥巴马的这个拥抱可以说是招致失败的罪魁祸首。

从亲密程度来说，吻脸比拥抱更进了一步。一般社交场合的吻脸礼，其特点是又轻又快，英语中叫作 a peck on the cheek，意思是像鸟用喙轻啄一下，也可以理解为“蜻蜓点水”。行吻脸礼时，一般要求嘴唇比较干燥，不能把唾沫或口红印留在对方脸上，也不要破坏对方脸上的妆容。上下嘴唇须并拢，并稍稍噘起，不能把舌头露出来，也不用上唇噘得能碰上鼻孔。同时，要吻在对方一侧的脸颊上，免得忙中出错碰到了对方嘴唇，令大家都很尴尬。此外，男士最好要经常刮脸，胡子拉碴时去亲吻别人，不太会受人欢迎。

上述要求看来相当复杂，如果担心掌握不好火候怎么办呢？那就不要吻脸好了，很多美国人也不喜欢吻脸。还有一个办法，那就是空吻。空吻在英语中叫作 air kiss，意思是“亲吻空气”，就是把嘴靠近对方脸颊，噘起嘴唇做亲吻状，但实际并不接触到对方皮肤，有人为了让效果更逼真，还会发出“咂”的一声。

人们容易把“空吻”和“飞吻”混淆起来。飞吻在英语中叫作 a blown kiss 或者 a thrown kiss，如用动词则为 to blow/throw a kiss。两者的区别在于，空吻的双方脸部距离很近，几乎是可以接触到的，而飞吻时与对方距离较远，飞吻者先吻一下自己的手心，然后把手伸向前方，意思是让空气把吻传送过去，给对方接住。音乐会上歌手喜欢飞吻，因为“粉丝”们坐在舞台下，离得较远。

正如握手可以转化成拥抱，拥抱也可以转化为吻脸，因为拥抱的时候两人头部靠近，稍微转一下脸就能吻到，只要双方觉得自然、舒适即可。吻脸有吻单侧脸颊和双侧脸颊之分，也有“单吻”与“双吻”之别。“双吻”是两人脸颊贴着脸颊互相亲吻，显示双方较为亲密默契。“单吻”则是一方在另一方的脸颊上亲吻，另一方只是被动接受而没有参与，原因可能是不习惯或不愿意亲吻，也可能是因为事出突然、来不及做出反应。2017 年 5 月，马里兰州的摩根州立大学邀请拜登以前副总统的身份在学校毕业典礼上演讲，演讲结束后很多毕业生围着他拍照，一位名叫布列安娜·卡特的女生在自拍与拜登的合影时，拜登突然在她脸上吻了一下，让布列安娜猝不及防，但她还是拍下了这张吻脸照，并上传到自己的社媒账号。

如果两人之间的关系并没达到那种亲密默契的程度，一方主动去拥抱或亲吻，要冒着另一方扭身躲开的风险。有人想出了拥抱被拒时掩饰尴尬的办法：试探性地把一只手伸到对方肩膀上方，如果没有看到对方婉拒的信号，就一手搭肩、另一手放到对方背部，完成拥抱的动作；一旦看出对方略有迟疑，马上改变策略，用伸出去的手在对方肩上友好地拍两下，显得也很自然。

小孩子喜欢去爷爷奶奶或外公外婆家做客，因为老人们会以美味饭菜招待，还会准备孩子喜欢的礼品，但孩子们往往会对老人动辄在他们双颊上亲个不停的举动不以为然，尤其讨厌被吻过的地方留下湿湿的唾液（英语中叫作 a sloppy kiss）。一位名叫杰瑞米的美国男孩制作了视频，向小伙伴们传授躲避老人亲脸的好办法：在离家前用柠檬使劲在自己脸上擦拭，让老人在亲左脸的时候舔到苦涩的柠檬汁，他们就不会再想亲右脸了。

今天我请客

网友们在国内某论坛上讨论了中美两国民众在餐厅聚餐结账时习惯的差异。有个帖子写道:“有一个来中国旅行的美国人就表示看不懂中国人，为什么出去吃饭的时候要抢着请客?原来是这个美国人在饭店吃饭的时候，看到另一桌的中国人吃饭吃得很开心，但是后面吃完了却抢着结账，甚至还差点因为谁结账的问题而吵起来。这件事让他非常地疑惑，为什么一起吃饭的时候关系很好，但是却会因为谁结账的问题而争吵起来。而且都不是不愿结账导致的问题，反而是都想结账。这种情况让他很纳闷，因为在美国基本上是不会出现这样的情况的，大部分人出去聚餐的时候都是选择AA制的方式结账。如果某些时候真的有人表示要请客，那么大家也会很开心，但是不会去抢着结账。中国人在这一点上不同:一方面是有的人比较慷慨大方，聚餐的时候都喜欢主动请客;另一方面则是有些人好面子，认为让别人结账对于自己来说是一件很没面子的事情，而当两个都好面子的人碰到一起时，很有可能就会出现这种抢着结账的情况，甚至到了要吵架的地步。中国人的这种生活习惯其实说不上是好是坏，因为就算是好面子，那么结账请客本身也不是一件坏事。只能说有些人做法有点偏激，所以才导致这么一件小事给人的感觉有点不太妥当。”

另一个网友似乎是从事餐厅工作的，他写道：“从上海餐厅再到宁波、苏州的餐厅，我们每天服务很多老外。老外约在一起用餐，很自然会彻底体现料理分餐制的精髓，从开始各看各的菜单、各点各的菜，到各吃各的菜品、各喝各的饮料，最后各买各的单、各给各的小费。哪怕是几个好朋友聚餐或者几个家庭聚餐，到买单的时候，都会要求将账单分开自己买，或者有一位牵头先买单，然后几个人很认真地用计算器计算自己的消费费用，把钱还给牵头的人，不会出现有人抢买单，不用犯愁太尴尬。这里体现了老外在饮食文化上的独立性、自主性、平等性。”

他还从餐厅服务员的角度介绍如何配合外国顾客的付费习惯：“我们餐饮从业人员在服务老外朋友时，从点单开始，认真记住每个人所点的菜品，并在系统账单上划分出来，在买单的时候把分好的账单给到对应的人，这会体现服务的专业性，是加分项。当然，如果有主宾点了一支酒，酒钱要归入主宾的账单里，这是细节。”

这位网友最后总结说：“我们在国内跟老外一起用餐，或者在国外旅行时就餐，要放松心态，入乡随俗，我点我的，我吃我的，我买我的，大家都是平等的。”

网友上述的观察都比较客观，评论也颇为公允。要再往深里说，这恐怕也与中国人“民以食为天”的饮食观念以及热情好客、人情世故等传统价值观有关。第二位网友所说的“各点各的”，可能是特指西餐，因为中餐大多采取家庭式的分享方式，很难断定谁吃了哪道菜，采取 AA 制的话一般是按总价平均分摊到每位用餐者。网友所说的中国食客抢着买单的情况，大多是诚心诚意地想请客；至于有的人只是表面大声嚷嚷着要买单、真要付钱时却找借口溜之大吉的行为，则另作别论。

在这里补充几点我对美国人的餐厅请客文化的观察。事实上，美国人也会讨论由谁请客，也会客气地抢着买单，只不过这种讨论或争辩往往发生在就餐之前，或者大家在就餐时私下达成一致，不会在买单时七嘴八舌、同时递出好几张信用卡，让服务员无所适从。即使辩论一番，最多是一两个回合，不用推推搡搡像吵架一样。

让我们先来看一段英国电视连续剧《王冠》第四季中戴安娜与卡米拉在餐厅用餐完毕时的桥段：

卡米拉（伸手拿账单）：抱歉，我没时间留下来喝咖啡了。

戴安娜：哦，让我来吧。

卡米拉：绝对不行，我比你年长啊。

戴安娜：拜托了。

（卡米拉睁大眼睛表示异议。）

戴安娜：那我们各付各的吧。

卡米拉：好主意。我是赞成分担（分享）的。

抛开这个情节的故事背景以及戴安娜、卡米拉与查尔斯王子之间微妙的三角关系，单从两位女士的对话，可以看到西方人在餐厅聚餐时对餐费的一种处理方式。

美国作家詹姆斯·帕特森的小说《得州疑案》中有这样一个情节：州警探若瑞·叶兹（即下文中第一人称的叙述者）初到得州偏远小镇办案，镇管委会五名委员之一的弗雷德·梅克尔邀请他和当地警察局局长等一起去他家开的餐厅午餐。小说写道：

弗雷德·梅克尔把我们带到靠着餐厅前窗的餐桌，桌上铺着棋盘格的桌布，还竖着“留位”的牌子。……

弗雷德·梅克尔跟我说，想吃什么就点什么，不用客气，餐厅全部免单，但我坚持自己的账单自己付。

“这是州警察厅的规定。”我说。这个解释似乎略微减轻了对梅克尔自尊心的打击。

从小说上下文来看，叶兹警探不愿接受梅克尔款待，除了规章制度有禁止之外，恐怕也是因为他和梅克尔萍水相逢，并不熟悉，担心贸然吃请会影响自己探案的公正性。

另一位美国作家桑德拉·布朗在小说《棋高一着》中以较多篇幅描写了侦探德雷克斯以假身份租房居住，与他所追捕的嫌犯贾士珀·福特一家成为隔壁邻居后请客互动的情节。第一个回合是贾士珀单独邀请德雷克斯去他家晚餐，德雷克斯打电话向同事麦克通报了此事。

他朝窗外看了一眼，太阳在渐渐下山了。“我得走了，要去酒品商店一趟。”

“干什么？”

“去邻居家里做客吃饭，总不能两手空空的吧。”

第二个回合是福特夫妇联合邀请德雷克斯上他们家晚餐，德雷克斯趁贾士珀出门购买食材，赶紧提前去邻居家，想与女主人塔莉亚单独接触摸摸情况。

德雷克斯就是因为知道贾士珀不在家，才提前上门的。他冲好澡、换好衣服，一看见贾士珀开车倒出自家车道，就光脚套上休闲鞋，顾不得梳理头发，捧上他提前去糕饼店买来的一盒纸杯蛋糕，冲下门口高陡的楼梯，三步并作两步地穿过两家之间的草坪。

他跨进福特家门，把蛋糕盒递给塔莉亚。

“这是什么呀？”

“我跟贾士珀说过，餐后甜品由我负责安排。”

可见，在被邀请去别人家里做客时，礼貌的做法是带瓶酒或者带个菜带个点心什么的，也为餐桌作点贡献。

在两次做客后，德雷克斯考虑反客为主，找个高档餐厅宴请福特夫妇，于是有了第三回合。

“你用不着去买电扇的，我家那个借给你，想用多久就用多久。”

“多谢了，总是叨扰我已经很过意不去了。事实上，我想请你和塔莉亚吃顿饭。别紧张，我们去外边吃。我知道你不会乐意在我的那个厨房餐桌上吃饭。”

贾士珀微笑道：“你不用觉得需要回报我们什么的。”

“我很乐意请一次客，但你得给我推荐几家当地的好餐厅。我还没来得及尝试这里的餐厅，网上的评论往往并不可靠。”

此时的德雷克斯与福特夫妇仍处在互相试探的阶段，表面上还保持着温情脉脉的邻里关系，从这三个回合中也可以体会出美国请客文化的一些细微意涵。

在熟识的亲戚朋友之间，一般来说，谁主动邀约，谁就是聚餐的主人，可以默认该餐费用由他买单。为了避免误解，他可以在发出邀请时加一句话予以明确，比如：

1.“约翰，去酒吧喝一杯怎么样？我请客。”（John, how about a drink at the bar? My treat.）

2.“玛丽，我给你买杯咖啡吧，想喝什么样的？”（Mary, I'll buy coffee. What would you like?）

3.“戴维，恭喜你儿子录取大学了，周六我们两家聚餐庆祝一下如何？我买单。”（David, congrats on your son's college acceptance. How about dinner on Saturday to celebrate it, our two families? It's on me.）

为了避免结账时的争执，东道主往往会在餐前打电话把自己的信用卡信息告诉餐厅或在抵达餐厅时把信用卡交给前台，就餐结束时服务员跟大家说一句“餐费已经预付”即可。假如事先没有挑明，而你希望由你来买单，等服务员把账单拿来后，你可以说“让我来吧”（Let me get this）或者用疑问句“让我来吧？”（May I get this?）。也可以直接伸手把账单拿过来，似乎不经意地说：“我来吧。”（I got this.）

这时候，同伴往往不会一声不吭、理所当然地享受你的招待，而是可能做出以下两种反应之一：如果他乐意接受你的慷慨，一般会说“真的吗？谢谢！”（Are you sure? Thank you!），你答以“不客气”（You're welcome，口语中也可以说 You got it）；如果他客气地表示要分摊费用，会说“I'm happy to split it”，或者他认为这次该轮到他来买单，可以说“It's my turn this time”。如果你坚持买单，可以回答“Please, I insist”，一般对方也就顺水推舟地接受了，致谢说“Okay, thanks. I appreciate it.”。

餐桌上到底由谁来买单或者说你该不该让别人买单，往往很难找出一定之规，需要根据同餐人员的具体情况和相互之间的关系来灵活处理。

上文说过，谁提出聚餐邀约，谁就是东道主，一般由他来买单。但是，如果聚餐是大家的一致想法，某人只是负责协调张罗，那他只是组织者，并非东道主，此时聚餐费用往往要由参加者分摊。此外，如果参加聚餐的人数较多，东道主一人买单负担过重，一般也会各自付账。如果是两三对夫妇经常在一起聚餐，则可以采取轮流买单的方式。

在男女约会时，美国人传统上也是男方买单的居多；如今提倡男女平等，所以采取AA制也是完全可以的，特别是早期约会、尚未明确恋爱关系的时候。如果某一方在约会时坚持各自买单，往往表示他（她）还想保持一定距离，尚未决定是否全身心投入这段感情。等到双方已达到财务不分彼此的地步，那谁来买单自然并不重要了。

今天你是生日寿星，你邀请了几个好友去餐厅庆祝，作为东道主负责买单无可厚非；如果朋友们提出不要你破费，由他们凑份子买单，那就乐观其成好了。

与工作上的同事聚餐，如果有老板在，老板往往会主动买单招待员工，一来因为他薪水高，犒劳员工理所应当，二来也可能因为他有招待费预算，可以按业务费用在公司报销；如果某位下级抢着买单，不仅难脱谄媚上级之嫌，也会让其他同事难堪。假如参加聚餐的人级别相近，一般各自买单，谁也不用充大头。

与家人和亲戚一起用餐，虽然不用过于在乎谁来买单，但必要的规则还是要遵循的。如果是长辈邀请尚未上班挣钱的晚辈吃饭，那自然是默认由长辈来买单。上面引用的《王冠》的例子中，卡米拉说她比戴安娜年长，应该由她买单，也是这个道理。已经独立成家的年轻人周末邀请父母长辈到餐厅“打牙祭”，主动掏腰包也是常事。“毛脚”女婿与未来的岳父母一起就餐，买单可以勤快一些，表示自己有财务能力，也是个有责任心的男人，可以照顾好他们的女儿，这样做也可以让女友或未婚妻觉得倍有面子。兄弟姐妹之间聚餐，原则上是各自买单，如果老大提出由他请一次客，也未尝不可。

谁来买单，与地理因素也有关系。如果两家人住在不同城市，到谁的地盘谁就是主人，可以略尽地主之谊。这与中国人“有朋自远方来不亦乐乎”的待客之道是一致的。

总之，请客买单也是一门学问，要综合考虑时机、地点、场合、人员等多个因素。该出手时不出手，会被认为“抠搜、吝啬”；不该出手时乱出手，“过犹不及”，花了钱却不落好，甚至“多情反被无情恼”。

有个美国网友讲述了他的请客经历，征求其他网友的看法。他喜欢日本料理，经常邀请圈里的朋友们出入日料餐厅，但几美元一块的生鱼片寿司大大超出了朋友们的就餐预算。这位网友说，相对朋友们来说，他的家境比较殷实，因此他并不在意每次都由他来请客，但他逐渐发现，尽管自己比较注意邀请的方式，尽量不给朋友造成精神压力，但他们却开始以家里有事等理由缺席他组织的聚餐，与他拉开了距离。

从网友们留下的评论来看，大部分人对他的做法持批评的态度，认为他还是过于专注自己的想法，说得严重点就是自私，没有足够顾及朋友们的感受。与其邀请他们去吃超出他们消费能力的日本寿司，还不如多组织一些花费少的活动，才能得到朋友们的真心认可和参与。

看来，是谁请客、由谁买单，是外出聚餐绕不开的敏感事，这在中外皆然。但此事并没有像有些人想得那么重要。真正重要的是，当我们有幸围坐在一起共享美食时，大家就抛开其他想法，轻松地吃一餐饭，畅快地聊一次天吧。

小费不再是“小”费

纽约警察罗伯特·坎宁汉一直是萨尔比萨店的常客，到1984年时足足有八年了，而菲力丝·彭佐在这家披萨店当了二十多年的服务员，两人自然相当熟稔。那年有一天，罗伯特吃完饭准备结账，发现钱包里的零钱不够给菲力丝付小费了。他拿出自己刚买的一张彩票，跟菲力丝约定，如果他中彩的话，就把一半的奖金分给菲力丝当小费。菲力丝以为罗伯特只是开个玩笑，也没把此事放在心上。谁知几天后，罗伯特把电话打到披萨店来，告诉菲力丝他的彩票中了600万美元的大奖，她已经是300万美元现金的主人了。

依据这件真实事件改编的影片《倾城佳话》于1994年上映，只不过男女主角的名字改成查理和伊芳，年龄也比原型小了不少，中奖给两人各自的家庭生活带来不小的冲击，最后他俩分别挣脱原来的婚姻，结合在了一起。

据说向服务行业人员支付小费的做法源于欧洲的贵族阶层，后来小费文化在美国得到“发扬光大”。起初给餐厅服务员的小费一般为餐费的5%~10%，20世纪90年代提高到

15%~20%，而如今的行情是18%~25%，有些慷慨的顾客甚至给到30%，令欧洲人也瞠目结舌。

好心顾客向餐厅侍者支付大额小费的事例，往往容易成为传扬四方的佳话。罗得岛州的单亲妈妈克里斯汀靠在餐厅打工获得的微薄收入勉强维持一家生计。一对夫妇顾客来店就餐，餐费仅为42美元，但他们走时在餐桌上留下了500美元。克里斯汀以为他们误将百元大钞当成了10美元的纸币（50美元扣除餐费后还余8美元，恰好适合作为小费），就把钱留好，待这对夫妇下次再来就餐时，拿出来还给他们。但夫妇俩告诉她，他们并没有搞错，多出来的458美元是给她的小费，让她放心收下。克里斯汀感激地收下钱，付掉了家里积欠的一些账单，还用余钱带着孩子去游乐园玩了一次。

在休斯敦的一家意大利餐厅，一位老年顾客听说，为他服务了16年的侍者格雷戈用于上下班的私家车在几周前的暴风雨中进水损坏，就给了格雷戈5000美元的小费，让他去买辆二手车使用。为了打消格雷戈的顾虑，老人告诉他说这只是预付款，以后他来这里吃饭就不另给小费了。

相信这些顾客在慷慨解囊时一定是真心实意、心甘情愿的，在力所能及时帮助弱势群体也是值得提倡的。但是，给小费出手过于阔绰，违背了小费的初衷，无形中会给别的顾客带来压力，助推水涨船高的小费行情。尽管从理论上说，小费是顾客对所受到的超值服务自愿表示感激之情，顾客仍

美国商店的小费罐

然拥有拒付或少给小费的权利，但时至今日，这层温文尔雅的薄纸实际上已经被捅破，而代之以“急吼吼”的利益博弈。对某些服务行业的员工来说，小费是他们预期中的、并非可有可无的收入。有些地方的法律甚至允许雇主给这些员工发放的底薪低于法定的最低工资标准，因为默认他们在薪水外有小费收入。对于不给小费的顾客，服务生往往轻则会在背后骂其“吝啬”，重则会追出门去当面讨要。

上述事例中，小费还是顾客与服务员之间一对一地直接赠与，服务人员可以完全享有和支配顾客给的小费，餐厅老板和其他同事一般不会干涉或分肥。这也是小费的传统功能，将顾客满意度与服务员收入直接挂钩，鼓励服务员提供优质服务。在规模较大的美国餐厅，服务员之间有明确的责任分工，领座员只管领座，跑堂的不管点菜。餐厅某一区域指定相应的侍应生服务，侍应生一般不跨区服务。我们在中国国内的餐厅习惯大声招呼服务员，服务员都会及时过来应答，但在美国餐厅，如果你朝远处站着的服务员招呼，他往往或者不予理会，或者只会答应去把负责这一区域的侍应生叫过来。如果你认为那位服务员不够热情，倒是错怪他了，因为行有行规，假如他为你服务了，也许会遭到同事的不解，以为他是想从你给的小费中分一杯羹。

美国电影中往往有这样的情节，某位顾客想追求餐厅的女服务员，经常去这家餐厅光顾，希望与女服务员增加接触。谁知他的座位常常不属于那位女服务员服务的区域，女服务员即使有心接近也爱莫能助。一来二去后顾客长了心眼，进门时往领座员手里塞点小费，领座员心领神会地把他带到女服务员服务区域的桌子旁。反过来，如果服务员对哪位男顾客动了心，也可以小小"贿赂"一下领座员，确保男神每次就餐都是由她来服务。

近年来，新冠疫情、高通胀和高科技应用等因素给传统的小费文化带来了一些明显的改变。首先，新冠疫情对餐饮业造成重创，餐厅一度主要依赖外卖业务维持经营，越来越多的餐厅选择在账单上标明收取服务费，并且将收到的服务费在所有员工之间分配。虽然这么做的目的是为避免员工过于收入不均，但由于改变了原来一对一的服务模式，不利于一线服务人员发挥积极性。收取服务费的餐厅往往还会在账单最后加上填写额外小费的空白行，却不作特别提醒，顾客如不仔细核对可能并不知晓账单已包含服务费，大笔一挥又给了可观的小费。

其次，在网约车和理发美容等服务场合，顾客准备结账

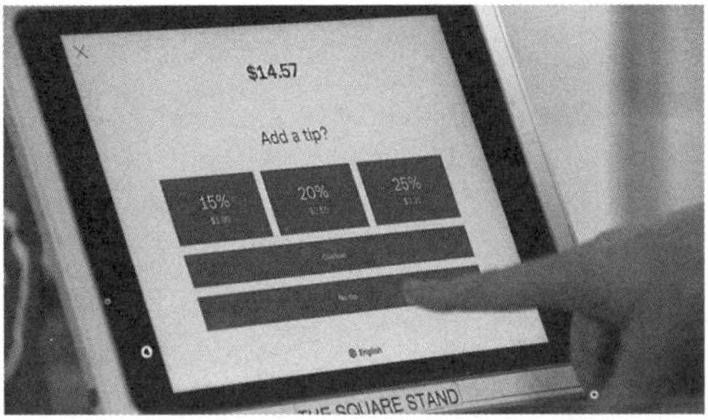

收银屏幕

时，手机或平板电脑上会跳出支付小费的选择方案，比如有15%、20%、25%三个选择，你只需点击或在某个选择之前打勾，系统就会自动帮你算出需要支付的钱款总数。以前顾客签完信用卡账单或将小费留在桌上，服务员在顾客离开后收拾桌子时才会知道拿到了多少小费，即使不满意也不是当着顾客之面表现出来，避免了彼此的尴尬，但如今顾客须在服务员注视下选择小费数目，无形中有了只能多给不能少给的压力。以前顾客如果不想给小费，不给就是了，如今结账屏幕会向顾客询问是否打算给小费或是否愿意在标准服务费之外另行打赏，如没有意向须主动点击“拒绝”按钮。在决定按下哪个按钮的片刻，顾客的脑子里不得不经历一番“天人交战”。

传统上给予小费的服务行业限于提供完整服务的餐厅、酒吧、理发店、酒店房间清洁等，在麦当劳等快餐店消费一般不给小费。1992年发行的美国影片《水库狗》中，五个黑帮分子之一的“粉红先生”说了一大段他不愿意给早餐店服务员支付小费的经典台词，其中就说道：“麦当劳的服务员工作也很辛苦，为什么在麦当劳可以不给小费，在其他餐厅就必须给呢？”直到今日麦当劳的内部政策仍然是不收小费，但性质相近的星巴克咖啡店却接受小费，尽管顾客仅仅是点了一杯咖啡带走消费，也要支付 1~5 美元不等的小费。此外，外卖快递、面包店、鲜花店，甚至音乐舞蹈培训等越来越多的场所会有意无意地提示顾客打赏小费。

不论是服务行业还是它们的顾客，近年来都为美国的高通胀所累。服务性企业既要让服务价格有竞争力，又要保持一定的盈利，一种方式是通过让顾客自助来降低服务成本。下图是某家餐厅收费处挂出的告示，中文意思是：“我们不接受小费，因为我们是家自助式餐厅，因此迫使顾客支付小费毫无道理。付小费的做法已完全失控，我们相信该回头重新想想了。”

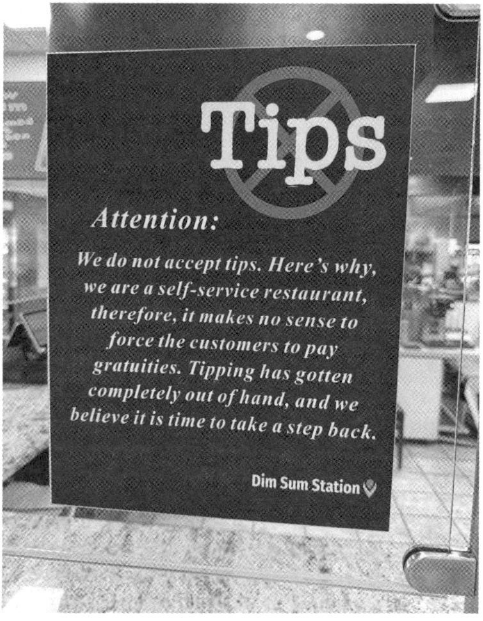

某餐厅关于不收小费的告示

另一种方式是在价外收费上做文章。比如有的餐厅向使用信用卡付款的顾客收取 3% 甚至更高的刷卡费，以转嫁发卡银行的收费，此外还单独代收销售税，并想出了“健康费”“厨房员工感谢费”等名目。不少餐厅贴出“现金结账优惠10%”的告示，鼓励顾客用一沓沓现钞消费，这在社会越来越电子化、数字化的今天，给人倒退几十年的时空错觉。对顾客来说，通货膨胀本身挤压了他们享受外出就餐等生活乐趣的预算空间，如果小费再像脱缰野马般一路上涨，就可能进一步压抑他们的消费意愿，令服务业客源减少。

以消费一瓶鹿跃赤霞珠红葡萄酒为例，目前酒品商店的销售价格为85美元左右，已经比前几年的价格上涨很多，而在餐厅酒单上的挂牌价翻倍为170美元，加上销售税和3%的刷卡费后总价接近200美元。如果再按20%的比例支付小费，顾客为这瓶酒实际须支付将近240美元，而这笔钱几乎可以在商店里买三瓶同样的酒回家去喝。

不少消费者在呼吁，应该刨去税款、刷卡费等杂费，依据饭菜的净价来支付小费。还以这一瓶红葡萄酒为例，如按餐厅售价170美元计算，20%的小费是34美元，比按最后账单价格计算的小费节省6美元，尽管差别不算大，但看起来更为公平一些。

对今天的顾客来说，小费不再是一笔“小”的花费，小费的事不再是“小”事。据报道，有个别顾客就餐后故意在小费栏里写上负数，以表达对小费文化的不胜其烦。部分开明的餐厅老板看到了这一点，宁愿从其利润中拿出点钱提高服务人员工资，降低小费比例，试图来吸引回头客。毕竟，顾客是基于横向价格比较和个人主观体验来判断消费支出是否物有所值并且决定今后消费选择的，所以还是要平衡好顾客、业主和服务人员各方的利益，小费的“游戏”才能继续愉快地玩耍下去。

新泽西的庄园

上海浦东羽山路上有个住宅小区，距离我家不远，叫作“新泽西庄园”，大约建于 20 世纪 90 年代后期，不仅有个洋气的名字，它的多层公寓楼外墙色彩明亮鲜艳，外墙上刷出红色的人字架，以模仿英国都铎式建筑的外露木架，屋顶上还有维多利亚建筑特有的圆锥形尖塔，进出小区的大门采用爬满藤蔓的西式工艺拱架（arbor），因而它在当年是个很有人气的楼盘。如今小区房龄已有 25 年左右，周边更多新的楼盘层出不穷，但当我们散步经过这个小区时，依然不觉得它过时。

我们中国人喜欢把西方的豪宅称为“庄园”，如举办过中美元首会谈的佛罗里达 Mar-a-Lago Club 被译为“海湖庄园”，旧金山 Filoli Historic House & Garden 被译为“斐洛里庄园”。来新泽西生活后，我很好奇真正的“新泽西庄园”长什么样，因而注意观察这里住宅的建筑特色。我并非学习建筑设计的专业人士，只能作为外行人谈一点看热闹之余的感受。

上海“新泽西庄园”小区

我的第一感觉是，新泽西的民宅风格与我曾经生活过的南加州区别很大。众所周知，加州全年气候温和，日照时间长，与地中海地区的西班牙、意大利等国家气候条件相类似，再加上加州历史上属于西班牙殖民地，地理上接近墨西哥，大量拉丁裔人口在此生活，所以尽管加州的民宅风格丰富多彩，但地中海建筑设计尤其是西班牙传教士风格，是最具代表性的，其特点是屋顶采用赭红色筒瓦，墙体厚重，墙面以白色或米色为主，手工抹灰拉毛或片石堆砌外墙，门廊和窗多呈拱形。在我们国内，以加州别墅为宣传卖点的小区，如上海的圣马力诺·桥语别墅、万科兰乔圣菲别墅，采用的都是西班牙地中海建筑风格。

新泽西于1702年沦为英国殖民地，1787年成为美国最早的13个州之一，州内保留了不少18世纪及以后各个年代所建造的房屋，建筑风格必然受到各个年代时尚的影响，呈现多样化的格局，既有繁复华丽的维多利亚建筑，也有单层平铺的牧场设计和质朴实用的乡村农屋设计，其他诸如工艺美术派（亦称工匠派）、殖民复兴派、联邦派、现代派和当代建筑也应有尽有。虽然新泽西拥有大量的公园、绿地、山丘和湖泊，但按人口与土地面积的比例来说，它算是美国人口最为稠密的州，民居相对比较集中，同一条街上就可能有多种设计风格在争奇斗艳。

就我个人印象来说，有三种建筑设计颇具美国东北部民间特色，很接地气，那就是荷兰谷仓式的四坡顶设计、“盐盒”形状设计以及科德角式住宅。

17世纪上半叶，新泽西是荷兰殖民地新尼德兰的组成部分，因此荷兰建筑文化在新泽西留下了不少烙印。早期荷兰人来到北美新大陆定居，利用这里丰富的林木资源建起木质谷仓。多年以后，喜欢怀旧的人们将荷兰谷仓的部分建筑特点移植到住宅上去，形成了荷兰谷仓风格的住宅建筑。这种建筑一般为两层，最大的特点是采用复折型屋顶（gambrel roof），就是把一般的斜坡屋顶拆分成斜率不同的两部分，上部扁平、下部陡峭，两部分连接处形成折线，这样左右两侧出现了四个坡面，所以也叫四坡顶。屋顶的下折上一般开出“老虎窗”（“老虎窗”的名字是上海人根据roof window的读

荷兰谷仓式住宅

音而音译出来的，英语中的正式名称是 dormer window)，为二楼的房间采光。据说这种房顶结构更为结实，冬天能扛得住沉重的积雪。

第二种为“盐盒”式房屋，由相连的前后两部分组成，前面两层、后面一层，屋顶从两层楼的屋脊分叉后，后面的斜坡一直延伸到一层楼的屋檐，屋顶呈现前坡短而高、后坡长而低的非对称人字形状。最初，新英格兰地区有居民觉得自家的两层楼房子不敷使用，在屋后又加盖了单层房间，有门与前屋相通，并将前屋的房顶延伸到后屋上去。人们发现，这样的建筑由于前屋较高，遮挡了凛冽的寒风，后屋就比较温暖，同时后坡斜顶较长也有利于疏导冷空气的流向，适合抵抗新英格兰冬季的严寒，因此这种房型得到了推广。房屋前高后低的形状类似于当地人家里存放食盐的盒子，后屋的房顶就像可以掀起来的盐盒盖子，因而被称为“盐盒”式房屋（saltbox house）。位于新泽西州西奥兰治市的托马斯·爱迪生国家历史公园实验室区的 11 号建筑就是典型的“盐盒”式建筑，此外该州新普罗维登斯市的“盐盒屋博物

爱迪生实验室 11 号建筑

“盐盒”式住宅博物馆

馆”（Salt Box Museum）也是一幢历史较久的“盐盒”式住宅。

科德角式建筑也是起源于新英格兰地区。科德角是马萨诸塞州海边的半岛，夏天是滨海度假胜地，但冬季寒冷且漫长，所以出现了保暖性能较好的科德角风格住宅。这种住宅采用简洁的人字形屋顶，屋檐低垂，窗户较小，窗外两侧装有窗门便于关闭，窗门有的是实木全封闭的，有的采用百叶窗，水平叶片可以上下转动来调节采光。房屋一般呈长方形，外表朴素简约，进出的主门和宽大的取暖烟囱位于房子正中间，正门两侧窗户数量相同，左右完全对称。科德角式房屋最初大多为单层的平房，后来逐步增加了带有老虎窗的阁楼或建成两层楼，但主要的风格特点没有变化。

科德角式住宅

这三种特色房型是普通的民宅设计，而能被称为“庄园”的豪宅，以维多利亚风格建筑为多。英国维多利亚女王生于 1837 年，卒于 1901 年，但在美国建筑史意义上的维多利亚年代一般指 1850—1920 年，涵盖了美国南北战争前后和镀金时代。维多利亚建筑是个总称，包括了哥特复兴、民间维多利亚、希腊复兴、意大利、第二帝国、棒式、罗马复兴、木瓦以及安妮女王等多种各有特点又互相借鉴的设计风格。新泽西南部的开普梅、海洋林（Ocean Grove）等海滩城镇以其拥有大量的维多利亚式住宅建筑而闻名。

我见到的第一幢庄园级的大房子是位于卢瑟福市佛里森大学校园内的艾维斯沃尔德城堡（Iviswold Castle）。它初建于1869年，为二层楼住宅，1887年被富豪戴维·艾维森购得，新主人将其扩建为拥有25个房间的三层豪宅，并在屋顶上增建了圆锥形尖塔。城堡几经转手，1997年成为佛里森大学新校区的一部分，并经学校花费重金整修，恢复了它鼎盛时期的风采。它如今主要用于行政办公，是该校区的地标性建筑，也被列入美国国家和新泽西州历史保护建筑名录。

艾维斯沃尔德城堡

该建筑外墙全部以当地出产的褐砂石贴面，给人厚重结实的感觉；它的彩绘玻璃窗户和转角处的弧形塔楼及锥形塔顶尤其引人注目，西北侧的底楼建有阳台式长廊。从建筑风格来说，它受到法国卢瓦河畔的肖蒙城堡的启发，体现了许多欧洲文艺复兴时期的建筑特点，是美国镀金时代（1877—1896年）典型的城堡式乡村庄园。

第二幢值得介绍的新泽西庄园建筑位于西奥兰治市，同属托马斯·爱迪生国家历史公园的爱迪生故居。该建筑原名格伦蒙特庄园（Glenmont Estate），建成于1882年，由安妮女王建筑风格运动之父亨利·哈德逊·霍利设计，因此不用说也可以想见这座庄园的设计风格。1887年，发明家托马斯·爱迪生迁离位于门罗公园（现属爱迪生市）的实验室和工厂，在西奥兰治建造了规模更大的新实验室，并与新婚的第二任妻子米娜以12.5万美元的低价“抄底”购买了格伦蒙特庄园作为爱巢。庄园距离实验室区不到五分钟的车程，占地13.5英亩，主建筑有29个房间，集中了美国版安妮女王风格的各种建筑特点，采用非对称立面，大量使用陡坡、穹顶、环廊、阳台和曲线飘窗等设计元素，共有91个窗户、40个窗户遮篷和7个烟囱。

美国的安妮女王建筑风格主要流行于1880—1910年，属于维多利亚年代的后期，被认为是其他维多利亚年代设计风格的升级版，在北美广受欢迎。新泽西州纽瓦克市的克鲁格-斯科特庄园（Krueger-Scott Mansion）建于1888年，也

西奥兰治的爱迪生故居

克鲁格－斯科特庄园

是一座安妮女王设计风格的历史性保护建筑。

在维多利亚年代之前建造的住宅建筑完整保留下来的不多，位于泽西市的范·瓦艮恩庄园（Van Wagenen House）可以算是一个代表。以前这幢房子周围有苹果树林，故又名“苹果庄园”。它初建于大约1750年，当时只有西侧的单层单进建筑，据传1779年华盛顿将军与法国拉法耶特侯爵曾在这里会面。范·瓦艮恩家族于1820年前后对房子进行了扩建，增加了东翼的建筑，使之成为一座二层半高、双进的希腊复兴风格住宅。泽西市政府于1999年购下了这座濒危

范·瓦艮恩庄园

建筑的产权，对它进行整修，曾作为政府办公之用，目前是泽西市历史博物馆的馆址。19 世纪初，希腊复兴风格的建筑设计在美国已经相当流行，体现在范·瓦艮恩庄园上的明显特点是墙面采用琢方石铺砌，屋顶坡度平缓，山墙和檐口有精致的装饰，门前有柱廊，烟囱布置在房屋后侧，以不影响正立面造型。

位于灵伍德市新泽西植物园内的斯凯兰兹庄园（Skylands Manor）建于 20 世纪 20 年代，基本属于维多利亚年代之后的爱德华时代，采用的是当时流行的都铎复兴风格，其主要的特点包括非对称立面、陡峭尖顶、正面山墙以及外露木架

斯凯兰兹庄园

等。如今该房屋被用作婚庆等大型活动的场所。

从以上例子也可以看出，与“庄园”对应的英文名词有estate、mansion、manor、castle和house等，叫法多样。除了主体建筑之外，“庄园”一般还配有宽敞的花园和车库等辅助性建筑。

新泽西住宅建筑的风格多样，但从统计比例来说，维多利亚建筑尤其是广受欢迎的安妮女王设计风格的建筑应该是最具代表性的。上海羽山路上的公寓小区虽然是普通住宅，但以“新泽西庄园”为营销卖点，外表采用了维多利亚建筑和都铎复兴式建筑的部分设计元素，同周边住宅小区相比增添了个性化特点，也算是开发商一次成功的尝试。因为我家毗邻这座别具一格的住宅区的机缘，我尝试去关注和欣赏新泽西住宅建筑风格，并从这个过程中获得一些粗浅的建筑学知识，丰富了个人的精神世界。

小镇教堂游

我在新泽西的住处虽属于北阿灵顿，但跨过一条街就是林赫斯特的地界，所以这两个镇都是我经常“出没”的地盘。一条东西走向的大街叫“山脊路”，从两个镇中间穿过，成为两者的主要商业街。不过两镇各自编列门牌号，如果陌生人来“山脊路 138 号”拜访朋友，如果不说明是哪个镇还可能走错门。

刚来这里居住时，沿着山脊路开车，第一个明显的感受是街两旁有不少教堂，而且它们大多是街上最高大最漂亮的建筑。我自然不信宗教，但心想不妨来个小镇教堂游，了解不同教堂之间的差别，或许也可管窥当地人的生活状态，补充一下自己的知识。

有位在当地土生土长的朋友自告奋勇当我的向导，带我参观这里的教堂。他介绍说，林赫斯特和北阿灵顿两个镇人口加起来不到四万，教堂数量相对人口来说是比较多的。这里的居民以白人居多，达 60% 以上，大部分为欧洲裔移民及其后代，其中意大利裔居民占总人口 30% 以上，此外荷兰、波兰裔的居民占比也较高。

他有意考考我："根据人口结构，你认为这里以哪种教会为主呢？"

我答道："基督教呗。"

他笑了："当然是基督教，但基督教有很多派别，从大的来说，可以分为天主教、新教和东正教。天主教又叫罗马公教，全世界天主教的领袖就是住在梵蒂冈的罗马教皇。林赫斯特和北阿灵顿人口中意大利裔居民比例高，教会当然以天主教为主了，山脊路上最大的三个教堂都是天主教堂。"

三个天主教堂分别是位于林赫斯特的圣心教堂和总领天使圣弥格教堂，以及位于北阿灵顿的和平之后教堂。

圣心教堂是一幢仿哥特式风格的建筑，建于20世纪20年代，在这几幢天主教堂中是历史最久的，外墙以灰褐色的细砖贴面，给人以结实耐久的感觉。朋友介绍说，"圣心"在天主教教义里是耶稣的代名词，代表着"尽心、尽性、尽意、尽力"的奉献精神。

总领天使圣米格教堂建于20世纪50年代，因而这幢红色砖面建筑具备了当时逐渐兴起的后现代建筑风格，但教堂正门上部的两层窗户又带有哥特式的设计特点。下层正中间的窗户位置是圣米格的石头雕像，据朋友说，圣米格是天使中的佼佼者，因而被称为"天使长""大天使""总领天使"等，其名字也有"米格尔""米伽勒""弥格""弥额尔"等多种译法。《圣经》中提到圣米格与邪恶的天使争斗、与撒旦争论、与魔鬼及其手下的邪灵争战，因而被认为是天主教会的守护者。

圣心天主教堂

圣米格天主教堂

和平之后天主教堂

迦密山圣母天主教堂

和平之后天主教堂敬奉的是圣母玛利亚，“和平之后”（Queen of Peace）是玛利亚的头衔之一。这座教堂的正门门廊带有明显的希腊复兴建筑风格，四根爱奥尼式的圆柱撑起等腰三角形的廊顶。钟楼是三层的婚礼蛋糕形状，并有高高的尖柱支着白色的十字架。和平之后教堂因而在三个教堂中显得最为高大气派。

除此之外，林赫斯特还有第三座天主教堂，名为迦密山圣母教堂，位于科坡兰大街的居民区里，是一幢规模并不大的白色建筑，看上去与相邻住宅没有太大的区别。但它屋后还有不小的停车场，一街之隔还有教区中心等辅助建筑。迦密山位于以色列北部，被认为是基督教的圣山。“迦密山圣母”（Our Lady of Mount Carmel）也是圣母玛利亚的头衔之一。

“你也知道，天主教特别敬奉圣母玛利亚，圣母怀抱幼年耶稣的油画或雕塑一般是天主教堂的标配。”朋友为了提起我进一步探究的兴趣，略显炫耀地说：“尽管天主教在两座小镇上居于主导地位，但这里的新教教堂也不少呦。与天主教不同的是，新教没有单一组织架构，教派林立，主要宗派包括路德宗、改革宗、安立甘宗（圣公会）、浸礼宗、卫理公会（循道宗）、加尔文宗（长老会）等，所以不少新教宗派在我们这里都建有自己的教堂。天主教堂会在自己的名称中亮明天主教的身份，这些新教教堂也是如此，以便它们各自的信徒归队，所以看到教堂名字你就知道它属于哪个宗派了。当然，尽管属于某个教派，教堂也接受其他教派的信徒来此礼拜，一般不会把来客拒之门外，毕竟它们的使命就是说服更多的人来皈依。个别教堂没有特定教派，英语管它们叫 non-denominational。”

从和平之后天主教堂穿过山脊路，对面就是北阿灵顿的第一长老会教堂。而林赫斯特的联合长老会教堂，也正好与山脊路另一侧的总领天使圣米格天主教堂相对。这两座长老会教堂虽说规模、外形比不上对面的天主堂，但与小镇上其他新教教堂相比，亦算相当体面了。而且能在山脊路这条主大街上占得一席之地，与教会贵族般的天主堂比肩而立，可见美国长老会的实力不容小觑。

第一长老会教堂

联合长老会教堂

长老会（Presbyterian Church）又称加尔文宗、归正宗，是新教三个原始宗派之一（另外两个是路德宗和安立甘宗）。长老会由长老和专职牧师共同管理，长老从平信徒中推选，每年改选一次，其英文名称为 teaching elders，因而中文译为“长老”。据媒体报道，国内某知名演员夫妇来美后，加入某长老会教堂，并双双被推选为“长老”，但长老并非终身制的职业。

朋友说：“长老会之所以又名加尔文宗，是因为信奉法国宗教领袖约翰·加尔文的理论。而路德宗显然是由德国宗教改革领袖马丁·路德创立的了。”据他说，路德宗（Lutheran

恩典路德宗教堂

圣马太福音路德宗教堂

Church）在北美洲分为四十多个教派，其中福音路德宗是美国最大的路德宗教派，也是相对来说最不保守的教派之一。北阿灵顿的恩典路德宗教堂和林赫斯特的圣马太福音路德宗教堂都属于这个教派。

新教的第三个原始宗派安立甘宗又称为“圣公会”（Episcopal Church）、“主教制教会”，也就是英国国教。朋友解释说：“从主教制教会的名称可以看出，它的信徒只认主教，不认罗马教皇。新教宗派林立，各宗派对教义的认知分歧很大，但有一点是共同的，就是认为圣经的权威高于教皇的权威。”林赫斯特有圣托马斯圣公会教堂，北阿灵顿原来也

圣托马斯圣公会教堂

有一间名叫“圣保罗”的圣公会教堂，但因为找不到专职的祭司，参加周日布道的信徒也降至不足 10 人，因而在 2018 年宣布停止运作。

在新教著名的宗教人物中，另外一个值得记住的是英国人约翰·卫斯理，他创立了卫斯理宗，也译为卫理宗或卫理公会，又名循道宗（Methodism）。美国绝大多数循道宗教堂属于“联合循道宗教会”（UMC），林赫斯特联合循道宗教堂也是如此。由于该教会对妇女打胎的态度较为宽松，被认为没有严格遵循圣经的立场，因而部分信徒脱离联合循道宗教会，另组建了全球循道宗教会（GMC）。

林赫斯特联合循道宗教堂

圣保罗圣公会教堂曾经遭遇的困境在小镇其他教堂也一定程度上有所反映。基督教传统教义在当前日益普遍的吸毒、离婚、妇女打胎、同性恋等现象面前节节败退，教会对人们（特别是年轻人）思想的影响力日益式微，再加上互联网技术越来越发达，网上讲经布道极为方便，人们对教堂的需求和依赖逐步减少。我们造访林赫斯特镇时，看到联合长老会教堂的大门紧锁，但门外的电子屏幕上正显示关于召开网上研读圣经视频会议的通告，感觉教会也在为适应社会进步而改变自己。

我向朋友问道："我们参观了天主教堂、新教教堂，但还没看到东正教的教堂呢？"

朋友答道："林赫斯特和北阿灵顿以西欧移民居多，东正教在这里没有市场。但距离此地仅十英里的欧文顿，是乌克兰裔居民的集聚地，那里就有乌克兰东正教教堂。欧文顿本身是新泽西犯罪率较高的地方，如今俄乌军事冲突又造成了东欧裔居民之间的敌对，从安全考虑，不去那里参观也罢。"

别人家的草坪

我在加州尔湾租住单户房屋时，房东是个印度裔老太太，她聘用了花匠定期来收拾前院，包括为草坪割草、维修给草坪浇水的花洒喷头、清除落叶等，每年春天花匠还会来给门口的树木松土、施肥，新种一些开花植物。所以，我一直以为美式别墅拥有整洁的草坪是自然而然的事，几乎没有为花花草草操过心。

后来到了新泽西，搬入独栋房屋后，须由自己负责前后院草坪的维护。为了节省雇请园艺工人的费用，我决定尽可能自己动手，为此首先要买一台割草机。从动力来说，割草机有纯粹靠人力的，有使用柴油或汽油驱动的，也有靠电动的。电动的又分有线和无线两种，前者是拖线接电，后者使用充电电瓶。从操作者与机器的相对位置来说，有推行式和驾驶式之分，而驾驶式也分站式和坐式两种。从割草机大小来说，驾驶式一般比推行式要大，适用于面积较大的草坪，而驾驶式割草机（也叫割草车）的尺寸也有大有小，尺寸越大功率越大，当然工作效率越高。考虑到我家院子的草坪面

手推割草机

积不大，我购买了比较安全和干净的推行式电瓶割草机。

割草机可以把割下的碎草收集在储草袋内，装满后卸到垃圾箱内处理，也可以将碎草粉碎后直接撒在割过的草坪上，作为草坪生长的有机肥料。但如果你家的草坪和邻居相邻，则要小心碎草被风吹到邻居的地界上，引起邻里纠纷。我家和邻居老太太房子之间有一片草坪，两家各管一半，因为我的割草机储草空间较小，起初难免有些碎草溢出来留在草地上没有收走，过两天老太太看到我就提醒说，我的碎草吹到了她们那一侧，而她最不能忍受草坪的不整洁，看见碎草飘动会心慌气短。我赶紧道歉，此后特别注意割草后用耙子将碎草清理干净，别因自己的不严谨给人带来麻烦。

专业的园艺工人会使用吹风机，将掉落在人行道或马路上的碎草和落叶聚拢在一起，再装入垃圾袋。我的设备没有那么齐全，采用的是传统人工技术——扫帚和畚箕。

割草机在草坪中间运转游刃有余，但碰到边边角角就捉襟见肘了，因这些地方需要用上打边机（英文叫作 edger）。我开始时买了个颇有些年头的二手人力打边机，靠打边机头上钢刃的转动来割断草坪溢出到人行道上的草，让草坪与人行道之间出现清晰的沟槽。但人工打边机无法处理墙边和墙角长出的长草和藤蔓，只能辅以园艺剪刀来剪割，因而效果只能算是凑合。后来，我咬咬牙投资购买了电动打边机，既能用刀片修割狭窄平面上的青草，又能用高速旋转的尼龙绳轻松割除边角里的植物，并为草坪打出整齐漂亮的边槽。看来，“工欲善其事，必先利其器”的古训还是正确的。

打理草坪不仅仅意味着割草，还要注意浇水、去除杂草、修补草皮，此外还要防止鼹鼠、地鼠随便在草坪上打洞，具体办法有：在草坪上往下垂直埋设铁丝网阻挡、使用驱鼠的药物，以及在草坪种上可以防止鼠类啮咬的植物，如薰衣草、迷迭香和薄荷等。事非躬亲不知难，只有亲身体验过打理草坪带来的腰酸背痛，你方能深刻体会，一个房东为了保持前屋后院的草坪如翠绿绸缎般铺展开来的美景，背后须付出多少艰辛的劳动。

美国反文化运动代表、“后垮掉派”诗人理查德·布劳提根创作的短篇小说《草坪的复仇》向我们展示，没有了草坪的院子，就像遭到破坏的大自然，不仅变得奇丑无比，还会以自己的方式报复人类的疏忽：

“我祖母住的一幢三层楼房子，在那个年代就已经很老旧了。前院种着一棵梨树，因多年没有草坪覆盖，前院表土已被雨水严重冲失。

原来围在草坪四周的尖桩篱栅不见了，人们直接把车开到房屋门廊前停下。前院在冬天是一片泥泞，夏天则板结得像石头一样坚硬。

杰克经常咒骂这个前院，仿佛它是个有生命的玩意儿一样。他与祖母同居了30年，但他并非我的祖父，他当初是来这里推销佛罗里达地产的意大利裔男人。

……

杰克恨这个前院，觉得它老在与他作对。他刚来时，这里还有漂亮的草坪，但他懒得为它浇水，也不打理，任由草坪自生自灭，变成光秃的泥地。

如今前院的泥土在夏天硬得可以扎破汽车轮胎。地上也总是能找到扎进轮胎的钉子。一到冬天，前院一片汪洋，汽车似乎深陷进了雨水和泥淖里。”

在小说的结尾，杰克将前院唯一的梨树也砍倒，枝上还挂着青涩的梨子，他往树身浇上煤油，将之焚烧殆尽，似乎在与草坪的战斗中占了上风。

任由草坪荒芜诚然不可取，但过于在意房屋前的门面装饰，让草坪成为邻居间互别苗头、“内卷”的战场，似乎也没有必要。英语中有句谚语“别人家的草坪总是长得更绿”（The grass is always greener on the other side of the fence.），这似乎与中国家长总是认为别人家的孩子比自家孩子更优秀的心态一样，可谓“这山望着那山高”。我听过这样的一个故事：两家邻居共管一片草坪，左边一家总是抢先在他那半边割草，让右侧没割过的草坪显得很不协调，就像大胡子男人只刮了半边脸。右边的邻居很是难堪，作为报复，他故意等邻居家的草长长以后再割自己一侧的草，也让邻居尴尬一回。

割草车

如果说这个故事里的邻居还只是暗中较劲的话，那么因草坪纠纷引发的邻里公开冲突的事例也时有耳闻。密苏里州堪萨斯城的居民特洛特总是抱怨邻居阿维里的割草机噪声太大，而且一大早就出来割草，影响他睡觉，为这事两人疙疙瘩瘩了将近 10 年。2022 年 8 月的一天，特洛特和阿维里又争吵起来，一怒之下特洛特从家里拿出枪，朝阿维里开了一枪，导致阿维里不治身亡，特洛特也被警察逮捕起诉，最终以这种不幸的方式了结了两人之间的长期争端。

美国的房东很看重自家房屋的 curb appeal，这个词字面意思是“街沿吸引力”，指的是行人从你家门口人行道走过时对你家门面的总体评价，包括庭院景观设计如何，草坪是否碧绿整齐，绿植有没有修剪过，草地上是否安放了装饰性的人物或动物雕塑，车库门前的地面是否有裂缝，等等，基本等于我们所说的“门面装饰”。有的家庭也许经济并不宽裕，却舍得在装饰门面上花大价钱，并对不愿破费打理门面的家庭嗤之以鼻。2021 年初得克萨斯州不少地方因突然而至的冰冻寒冷天气造成停电，共和党参议员泰德·科鲁兹没有留在得州帮助协调政府尽快恢复供电、与选民共患难，反而携家人去墨西哥坎昆度假，被爆料后引发当地百姓一致批评。有人搜出了科鲁兹在休斯敦的家庭住址，还找到了住宅的照片，嘲讽他家门口的绿化装饰乏善可陈，没有什么“街沿吸引力”。

草坪维护确实费力又费钱，有人也开始改用维护要求较低的庭院设计替代方案，比如将院子铺成砖石地面或用鹅卵石覆盖地面，再适当点缀绿植盆栽。也有人在庭院中使用人工草皮，但须留意是否符合当地的法律规定。爱达荷州博伊西市有两户人家决定在自家前院改用人工草皮，但屋主协会通知他们，这种做法违反了规定，因为当初制定的小区建房规划明确要求住宅的院子必须种植真草，不能铺设人工合成材料制成的假草皮。为此两户居民还与屋主协会打起了官司。

以草坪为代表的房屋门面装饰是住家的私事，但因为显

人工草皮

露在公众视野，事关社区的整体观感和房产价值，因而又有其公共性，受政府法律和乡规民约的约束，不容小觑。不少老人退休后往往出售自己的独栋房产，选择到共享式公寓楼内养老，可以省去很多打理房屋门面的麻烦。有些年轻家庭喜欢租房居住，其中一大原因也是贪图省事，把草坪维护等杂事推给房东去处理。

有一年四月份，春雨过后街上满树的樱花、梨花和玉兰花开始凋谢，将舞台逐步让位给绿叶，而门口草坪上的青草似乎在一夜之间被注入了生机一个劲地疯长。我因回国休假，要离开一两个月的时间。这么长时间如果没有人打理，草坪不仅会长短参差不齐，还有被蒲公英、金钱薄荷等杂草“接管”的危险，既让周围邻居不爽，也可能招来入室盗窃的小偷。为此，我对正在为隔壁邻居割草的园艺小哥说，请他也每周为我割一次草，直到我回来为止。小哥爽快地答应一声，将我递过去的支票草草塞进裤袋，又埋头割草去了。

等我休假回来时，我家的草坪在小哥的专业照顾下，果然与邻居家的草坪一样翠绿整齐。经过考虑，我决定花钱聘请小哥定期为我打理草坪绿化，让专业的人做专业的事。

自扫门前雪

大雪从昨天夜里开始，一直下到下午三点钟左右才停歇。天一放晴，街上不少邻居都出来铲雪了，有些家庭外请的扫雪工人也开着皮卡车来了，大家互相热情地打招呼，街上出现了平时难得看见的热闹景象。

美国东北部各州和各个城镇对住宅区门前除雪的具体规定有所不同，但总体要求大致相同，即政府负责马路等公共区域的除雪，居民负责自己住宅进出通道、车库通道和门前人行道上冰雪的移除，并且须在停止下雪后尽快完成，以方便家人和车辆的出入和行人在人行道上安全行走。不一会儿邮递员可能就要上门送信了，如果你家房前的通道还是白雪覆盖，自然会造成不便，且不说万一行人在你家门口摔跤，还会产生索赔纠纷。刚下的雪比较松散，容易铲除，时间较长后雪可能会结冰，铲起来更加费力。再说，如果街上其他邻居家都铲了雪，而你家还是白雪封门，自然观感也不太好。

宽大的雪铲是这里住家的标配工具，考究一点的人家也许会置办形似割草机的吹雪机，机器吸进地上的积雪后通过出雪管抛洒到路旁的雪堆上。人行道铲出的通道宽度至少要便于行人行走，有的城镇还要求宽度能足够让残障人士的轮椅车通行。

吹雪机

虽说法律要求各家自扫门前雪，但并不妨碍邻居们互相帮助。我听说邻近的小镇上发生过这样一个故事：星期六的早晨，布鲁斯用吹雪机除完了自家人行道上的雪，觉得不过瘾，就干脆顺带把邻居戴维家的雪也处理了。这时，戴维正握着雪铲从家里出来，看到布鲁斯已经帮他除完了雪，他挥手表达了谢意，然后心想闲着也是闲着，就帮另一侧的邻居家铲了雪。那家邻居有个十多岁的男孩，有股不服输的劲儿，他从窗户里看到戴维在帮他家铲雪，就开门表示抗议，戴维大笑着说：“你也可以铲你们另一边邻居家的雪啊，这样我们就扯平了！”男孩果然就去帮另一家邻居铲雪。邻居们就这样像击鼓传花一

铲雪车

样，把整条街人行道上的雪都铲完了。正好街尽头的那家是一个独自居住的老太太，她感激涕零之余就把这个故事传扬了出去。

除了地面，还有人用长长的雪耙清除屋顶和屋檐上的积雪，防止积雪压塌屋顶，或者雪球掉下来砸人。网上流传着这样一个故事：一对名叫汤姆和琳达的夫妇担心屋顶上的积雪太沉重压坏屋顶而决定消除屋顶上的积雪，但他家没有长柄雪耙，于是两人穿上厚厚的外套，找出了梯子和雪铲，从后门来到院中，搭起梯子，站在上面将屋顶上的雪铲下去。忙活了一个多小时后他们下了梯子，准备进屋暖暖身子，却发现从屋顶铲下的雪把后门严严实实地堵上了，而前门和车库门都上了锁，也无法通行。夫妇俩已经几乎筋疲力尽，这下还得再咬牙把后门口的雪堆移走，才能推门进屋。

我对这个故事的真实性是存疑的，因为根据我的经验，车库门一般可以从门外的控制面板上输入预设的密码打开。另外，在我这条街上，也许因为屋子里的暖气上升，烟囱里排着热烟，房顶上往往并不会积起厚雪。

住宅一般都自带车库，但车库经常被用作堆存工具和杂物的仓库，私家车大多"屈尊"停在车库前的车道和街沿。下雪后车顶上堆着厚厚的雪层，交通法规要求车主须把车顶上的冰雪除去后才能上路，避免车顶上的冰雪被抛下来，砸到路边行人或在相邻车道行驶的汽车。给车顶除雪须使用专用的除雪刷，既有一定强度能把雪除掉，又不会刮伤车子表面的涂漆。

人行道上除雪后，如果气温较低，还应撒上融雪盐，防止积水结冰。好心的邻居们会告诉你，如果路上的雪铲得不干净，人行道容易结冰，行人走在上面比在雪上更容易滑倒。当然，盐融化后渗入人行道旁的泥土，会影响周边植物和草皮的生长，所以融雪盐使用还是要有所控制的。

也许有人会问，我是租房居住，那么出租屋的除雪责任，到底是由房东还是租客来承担呢？不同的地方规定也不尽相同，一般来说需要在租房合同中加以规定。租客实际居住在房屋里，随时掌握现场情况，因而由租客负责除雪的情况较为普遍。如是房东负责，房东往往外包给除雪公司或除雪工人，这个费用也会考虑在租房成本里，最终还是要由租客买单。

公路、公园等公共区域，以及超市、餐厅等商业设施的进出通道、停车场等，一般都由专业的除雪公司来承包除雪任务。司机在卡车车头前安装铲雪斗，将积雪推到不碍事的堆雪区，或装上卡车运走。除雪是靠天吃饭、忙闲不均的生意，公司遇到下雪很少的暖冬就只能让工人和设备都马放南山、偃旗息鼓，但一旦下大雪则各家顾客都争着让公司赶快派人派车，优先去他们那里除雪，造成除雪公司资源挤兑、应接不暇。景观工程公司一般也承接除雪任务，工人平时种花割草，冬天正好除雪，可以四季都有活干。

被铲走的积雪也可以成为人们艺术创作的材料。贺曼爱情影片《冰雪迷阵》讲述的是芝加哥某刊物的记者茱莉亚回到银装素裹的北方家乡小镇寻找写作灵感，见到了孩提时的玩伴奈特用积雪堆成的白色迷阵，在震撼和赞叹之余，茱莉亚也被奈特俘获了芳心。影片中拍摄的由奈特堆建的冰雪迷阵，实景位于加拿大的圣阿道尔夫市，它也是当时世界上人工建造的最大的雪墙迷阵。

如果一夜之后大雪封路，美国的中小学可能会宣布停课一天，这是不少学生热切盼望的事，顾不上在暖和的被窝中多睡个懒觉，就急不可待地与邻家孩子相约去雪地打闹玩乐。2000 年上映的喜剧影片《下雪天，放学日》中，铲雪车司机因为工作太卖力，三下五除二就能把道路铲通，被希望

雪墙迷阵

第二天学校仍能放假的孩子们视为“公敌”和“怪物”，连他铲雪车轮胎上绑的防滑链也被与“怪物”箍的牙套联想在一起。孩子们想出各种办法极力阻止铲雪车司机正常工作，发生了一系列令人发噱的冲突。

专业除雪公司的高效率确实也给我留下了很深的印象。他们会根据专业机构预报的暴风雪时间，提前在马路上播撒融雪盐，延缓落雪的堆积；大雪纷飞之际，他们的铲雪车一直在各条街道上巡弋，防止道路积雪过厚；风雪次日的早晨，铲雪车也会赶在居民起床之前就把道路打通，便于他们上班、上学。比起天真无邪的孩童世界，成人世界多了一份沉甸甸的责任，成人眼中的铲雪车司机不是怪物，而是勤劳的英雄。

露天音乐会

我住处附近的河滨县属公园里新建了一个半露天舞台，主体构筑物为一堵石块贴面的 S 形曲面墙壁，墙壁正面用作舞台的背景，背面建有供公众使用的洗手间。舞台上方是一个同样为 S 形曲面的木质框架，覆以轻质面材，由六根木立柱支撑，顶部高出石墙，既可以给舞台挡风遮雨，又保持了露天通透的特点。立柱上安装有射灯，舞台前方一侧也设有灯柱，可以保证舞台的照明，背景墙的底部有配电箱、电源接口等设施，便于演出方连接音箱、话筒等电声设备。

舞台对面的斜坡上，有四五排观众席，拾级而上，既有水泥砌成的长条排座，也有四方形的木条座席，适合一家人或好几个孩子同时围坐在上面。坡形观众席的最高处是一片较为宽阔的草坪，上面也稀落落地放置了几个四方形的座席。

记得这个露天舞台断断续续建了一年多的时间，建成后因为新栽树木和草皮需要养护，一直用围栏关闭着。2023 年 7 月，例行的公园露天音乐会季节到来，新建舞台终于揭开

公园入口处的告示

了面纱。

据管理机构在公园入口处摆放的告示牌介绍，今年的免费夏季音乐会由伯根县公园管理处与北阿灵顿镇政府联合出资举办，共有四场，均在河滨公园的露天舞台举行，分别在7月6日至8月8日期间四个周二的晚上七点之后开始。7月6日为首场演出，驻场乐队为 The Launch，英语中 launch 一词有“首次推出”的意思，由他们来操刀河滨公园露天舞台的首秀，可以说是一语双关。从四场演出安排的音乐类型来说，前两场的乐队 The Launch 和 Del Satins 主打摇滚乐；第三场演出的主题是致敬活跃于 1970—2013 年的“土风火”乐队（Earth, Wind & Fire），歌手们将演唱“土风火”乐队爵士、迪斯科、放克、灵魂、节奏蓝调等多种音乐风格的老歌；第四场驻唱的乐队以美国总统罗纳德·里根（1981—1989年在位）的名字命名，主打20世纪80年代的怀旧金曲。

在河滨公园举办夏季免费露天音乐会是伯根县的传统，用我们中国人的话来说，也算是回馈纳税居民、丰富基层民众娱乐生活的“文化下乡活动”了。因新冠疫情，该活动在2020年和2021年停办了两届。2022年随着疫情好转，又恢复了露天音乐演出，7月19日和8月2日的两场在公园举行，在草坪上搭起临时舞台，10月1日的第三场安排在北阿灵顿镇政府的大停车场上举行。

2023年新舞台启用，又是宣布疫情结束后的第一年，因此音乐会比去年的三场多安排了一场演出。首场音乐会当晚，附近社区的人们纷纷开车或步行前往公园，不少人拖家带口，如同过节一般，连孩子们也自己抱着小折叠椅，高高兴兴地向露天舞台走去。我也早早吃好晚饭，前去体验表演现场的气氛。年过八旬的意大利裔邻居老太太坐在门廊的椅子上乘凉，她热情地向我打招呼，说她年轻一些时也是每场演出都不落下，如今年纪大了腿脚不利索，只能坐在屋外远远地听着公园那边传来的音乐和歌声。

公园里的两个停车场几乎已经停满了车。与之相比，去年音乐会时来的车辆似乎更多，两个停车场都不敷使用，组织者还在草坪上辟出临时停车区，由志愿服务人员指引着驾车者有序停车。

但露天舞台观众席和草坪上的观众人数并不比去年少，粗粗看去至少已有二百多人，而且还不断有人陆续前来。大家随意而坐，所以看上去有些零散，疏密不均。草坪上，有些观众坐在自带的折叠沙滩椅上，有些铺上薄毯席地而坐，也有不少人站着边聊天、边欣赏演出。还有孩子们在大人之间穿来穿去，嬉笑打闹。

露天音乐会

一个多月之前，超级歌星泰勒·斯威夫特在距离此地仅几公里的大都会人寿体育场举办巡回演唱会，连演三场，合计观众人数将近 22 万。今天的露天舞台与那种正规的表演场所自然不可相提并论，相比之下这里的现场气氛休闲随意，更接地气。

停车场上停着三四辆公务车，分属伯根县公园管理处、工程处和警政署。公园管理处作为活动的主办方，派了几个穿制服的人在现场照看。警政署看来只派了一名胖胖的警察，协助维持秩序。工程处派了一辆施工车在现场待命，协助解决舞台使用时可能遇到的技术问题。现场还有一台流动式的监控装置，长长的立柱上安装了三个摄像头，白色的设备箱上涂有“伯根县检察官办公室”的徽章和“七县联合城区安保倡议”的标志。显然这套装置是被拉来负责监控和记录现场情况的，预防小偷小摸、浑水摸鱼，或吸毒、打架等非法行为。

这个现场保障阵仗与去年相比，显得冷清了一些。也许因为去年七八月时尚处于疫情期间，不仅要保障现场秩序和观众安全，还要考虑防止疫情扩散和对致病人员的应急救援，当时安排了北阿灵顿镇的医疗救护车和急救人员到现场待命。镇应急医疗服务署（简称 EMS）拥有和运营四辆医疗救护车，聘用少量的全职救护人员。为弥补经费不足，该镇从 1972 年起成立了“应急志愿队”（North Arlington Volunteer Emergency Squad，简称 NAVES），招募大约五十名年龄为

16~65 岁的志愿人员，负责夜间和周末的值班与出勤。所以去年音乐会上，穿着 EMS 和 NAVES 制服的急救人员同时到场，体现了对活动的高度重视。

流动式监控设备

去年的安全保障队伍中，除了正规的警察，还出现了“社区应急响应团队”（Community Emergency Response Team，简称 CERT）和“邻里守望相助小组”（Neighborhood Watch）等志愿组织人员的身影，让我们对当地社会基层的自发性应急和治安管理组织增加了了解。新泽西州通过实施“社区应急响应团队”项目计划，对招募到的志愿会员进行培训，训练他们更好地应对社区发生的紧急状况的技能。比如，发生突发事件时，他们可以向红十字会等救援机构人员提供支持，对受害者给予及时的协助（如寻找失踪或被诱拐儿童），在灾难现场组织自发的志愿者队伍，等等。“邻里守望相助小组”则是着眼于组织居民配合警察机关，维持社区治安。

顺便说一下，北阿灵顿镇的消防队也是由志愿者组成的，85 名志愿者在兼顾自己的全职工作或学业之余，轮班全天候执勤，每年要对 360 多起消防应急事件做出响应，并合计完成近万小时的消防培训。志愿者没有工资报酬，镇消防局每年发动居民为消防基金捐款，用于向消防志愿者颁发奖品、发放奖学金以及赞助青年文体活动等，以表达对志愿者的感激之情。

今年的活动现场明显减少了工作人员，取而代之的是流动式摄像监控装置，也算是用“技防”代替了“人防”。此外，去年有出售冷饮的流动售货车早早占据有利地形，向跟随父母来听音乐会的孩子们兜售五颜六色的冰淇淋，而今年见不到售货车进驻，不知道是因为这些售货车驾驶员没有收到露天音乐会举办的信息，还是因为疫情已经过去，售货车不愁没有生意了。我曾远远看见公路上有一辆车身色彩斑斓的冷冻甜品售卖车驶来，以为它会从公园入口拐进来，谁知它竟然并不理睬，叮当叮当地一驶而过。

说话之间，音乐会已经进入高潮，乐队主唱邀请小朋友上台互动，很多观众手持荧光棒，随着音乐的节奏扭动跳舞，气氛十分热烈。

河滨公园的露天音乐会，让我联想起了我们国内经常见到的露天电影、广场舞会、小区纳凉晚会等群众喜闻乐见的文娱活动。不管在什么国家，这类为基层百姓举办的社区活动，都深受欢迎，值得持之以恒地办下去。

时间已经快到晚上九点，天才完全黑下去，天空中挂起一轮明月，星星也依稀探出了头。星空之下，人们流连在舞台前，如痴如醉地畅享音乐，浑然忘却了今夕何夕。

古董家具店

最近看了两部电影，印象颇深。一部片名为《思想之框》（*Frame of Mind*），影片主人公是新泽西小镇喀斯达特的警察戴维·赛卡，他从偶然购得的古董首饰盒中找到一张陈旧的电影胶片，并从中发现了四十多年前肯尼迪总统在得州达拉斯被刺案件的线索。

另一部影片题为《情书》（*The Love Letter*），是贺曼电影频道播出的浪漫电视影片，讲述的是马萨诸塞州一位电脑游戏设计师斯科特·克里根在与女友筹备结婚的过程中，在古董家具店购得一张写字台，据说曾经是美国南北战争时期（1861—1865 年）一位联邦军队将军家里的物品。克里根在整修桌子时，在其隐秘抽屉里找到一些书信，阅读后发现是 1863 年居住在波士顿附近的女孩伊丽莎白所写的致无名氏的情书。克里根通过阅读这些书信对女孩不幸的恋爱经历产生了同情，竟然得以通过镇上老邮局的信箱与女孩进行穿越时空的通信和感情交流。

两部影片都是由主人公从所购买的古董家具中发现当时

遗留的物品而展开情节，而且前一部电影故事的发生地就在距我新泽西住处仅几公里远的喀斯达特小镇，因而它们引发了我对美国古董家具店的兴趣。我来美安家时曾经在二手物品交易网站和跳蚤市场上买过旧家具，也曾在家具抽屉里找到过原来主人不慎遗忘的硬币、桌垫之类的杂物，却还没有碰到背后藏着浪漫历史故事的有趣物品。

美国人对可供收藏的旧家具有 vintage 和 antique 的区分。寿命达到 100 年以上的才能叫 antique（古董），历史不到 100 年的只能称为 vintage（译为“年份，有年头的”）。

Antique 既可以作为名词（一般用复数），也可以作为形容词。有个网名叫作“Antique Expert”的人在网上评论某件古董的好坏，遭到别的网友嘲笑：“这人说自己是 antique expert（‘老朽专家’），难道她有 100 多岁了吗？如果是自称‘古董专家’，应该写成 antiques expert 才对。”其实，这位嘲讽别人的网友未免有点吹毛求疵，因为我实地看到的古董店的店名有的写作 antique store，有的写作 antiques store，似乎两者都是可以接受的。

在二手物品交易网站、跳蚤市场及私家卖场上出售旧家具的以一手卖家居多，他们往往本身就是旧家具的使用者，因为搬家、换新等原因须把原来的家具处理掉。能拿出去卖钱的一般要么是处于完好的使用状态，要么有一定的历史收藏价值，如果没有什么收藏价值、又是缺胳膊少腿无法使用的，往往被主人扔在家门口街沿上，任邻居和路人挑拣自取，无人问津的则被垃圾车收走。

在古董家具店出售旧家具的，则以二手卖家为多，他们是希望通过买卖旧家具赚取利润的生意人。小型的古董家具店往往由老板自营，而较大型的古董商场则可能对外招商，由卖家租赁柜台和店铺经营。据说位于弗吉尼亚州仙那都河谷的“老厂房古董市场”（The Factory Antique Mall）面积达14.7万平方英尺（约合1.37万平方米），是目前美国面积最大的专业经营古董家具和二手商品的室内商场，它采用的是对外出租店铺的经营模式。

美国最大的室内古董市场

一家好的古董家具店在某种意义上也是一个免费开放的博物馆，顾客来到这里可以了解历史上不同时期的家具风格，学习到不少关于家具的历史知识。尽管美国仅有两三百年的历史，但由于长期以来美国国内社会相对稳定，人民生活也相对富庶，对旧家具及相关物品的保护意识和保存条件比较好，因而留下了大量有一定收藏和使用价值的古旧物品，古董家具即是典型的例子。老家具往往见证了一辈又一辈家庭的日常起居、悲欢离合和生老病死，是个人与祖先、家人、亲朋及其人生奋斗历程的重要的联系纽带。它保留了无数的记忆，也隐藏了无数的故事。

有人提倡购买和使用古旧家具，并总结了几点原因。一是通过旧家具的循环利用，减少废物垃圾的产生和处理。能够保存下来的古董家具往往使用了优质名贵的木材（如红木、樱桃木、胡桃木等）和工艺技术，经久耐用；而现代大批量生产的家具为了追求轻便廉价和更高的生产效率，一般仅有十来年的使用寿命，一旦破损会被毫不吝惜地扔掉更新，造成物质的浪费和垃圾的增加。

二是降低碳排放，有利于环境保护。尽管当今不少家具生产企业也在追求“绿色”生产工艺来减少排放，提高可持续性，但由于生产过程涉及林木砍伐，以及制造过程中化学物质的使用和家具的长途运输，仍会留下较大的碳足迹，对自然环境造成破坏。古董家具即使需要修复，也往往采用手工操作，不会产生大量碳排放。

三是保存历史脉络，为后人留下历史财富。古董家具保留了它们生产时的时代特点，当时所使用的宝贵工艺后来或许已近失传，今人或可通过对这些家具的构造加以研究揣摩而重拾旧时工艺。古董家具店还可以为历史影视剧提供现成的真实道具，如史蒂文·斯皮尔伯格导演在拍摄故事片《林肯》时，就大量借用了弗吉尼亚州“老厂房古董市场”的古旧家具，为片场营造真实的历史场景。

四是支持地方小企业，有助于活跃经济、增加就业。从事古董家具收集、修复和买卖的一般都是个体户或小企业，与伊森艾伦、艾希礼、宜家等大型连锁家具商相比，实力微不足道，但却是社会经济不可缺少的组成部分。

五是展示个性和品位，增加生活情趣。不少古董家具往往都是小批量生产，由当时的工匠手工精心制作，有很强的艺术性、独特性和稀缺性。选择合适的古董家具装饰住宅，可以彰显主人的独特个性和趣味。除了私人住宅之外，不少酒店、餐厅和对外出租的民宿等也喜欢收集古董家具进行室内装饰。

对古董家具，最好要保持它的“古”味，随意变更翻新可能就破坏了它原有的价值。但有些旧家具本身已经肮脏破败、残缺不全，经过修复工匠的神奇之手，会如浴火重生的涅槃凤凰，获得新的青春甚至生命。

我在新泽西闲逛一家古董家具店时，认识了店里聘用的工匠汤姆，经他同意，观摩了他修复一件 19 世纪初生产的破旧橱柜的全过程。他先要把橱柜的门、抽屉等拆下来清理，松动的部位须采用强力胶黏合等方式进行紧固；将拆下的五金配件归置后浸泡在醋酸里除锈清洁，必要时还要抛光，并从商店收集的旧配件库中寻找到相同或相近的物品，来补齐缺失的配件。然后，他用刮刀刮掉橱柜顶面的漆料，如果刮不掉，还需要在表面刷上除漆剂（stripper）再刮。基本刮干净后用砂纸打磨，因为所用的贴面板较薄，须用颗粒较细的砂纸，还不能过度打磨。打磨后，如果表面还有凹坑或小洞，则要用腻子（filler）填平。开裂的贴面要涂上胶水粘好，如果贴面损坏面积较大，还要补上材质纹理相近的贴面板。涂上胶水的部件要用工具夹紧，放着干燥几小时，以确保黏合有效。橱柜的其他表面也同样要进行清理、修补和紧固。

下一步就要上漆了。汤姆师傅决定使用清漆以保留橱柜原有木贴面的漂亮纹理和图形。他先在表面刷上木漆调和剂（conditioner），目的是填平木材纹理之间的细微凹槽，然后再刷上着色剂（stain），刷好一个平面后须及时用抹布擦干。新修补上去的木贴面须根据需要多刷几次着色剂，尽量减小与老贴面的色差。用腻子填补过的部位还要人工用色笔描出与周边相近的纹理，达到逼真的效果。后一道工序是喷上防潮底漆（sealer），然后喷上光油（varnish），上漆的程序就算完成了。

接下来就可以把修理好的橱门和抽屉安装回去，原来灰

橱柜（翻新前）

橱柜（翻新后）

头土脸的老家具焕然一新。汤姆说:“整修老家具就像给女士美容一样，简单的地方只需描眉、搽粉、涂膏，但如有残缺，就只能动刀做整容手术了。我们行业的规矩是尽可能使用老物件，包括木材、五金配件等，尽量保留原来的特色和韵味，否则就不是修复，而是新制了。”

汤姆介绍，他修复这样一个橱柜前后需要 8 个工时，按 25 美元的时薪，人工费合计 200 美元，材料费至少也要 20 美元，修复后商店老板对外挂出的售价是 350 美元，比普通家具商场出售的类似全新产品高出 50 美元左右。这件旧橱柜就算是老板不花钱收集到的，他赚取的利润其实也并不多。所以，在收到一件老家具后，老板也会凭经验判断它修复后的市场价格，评估是否值得投入人工进行修复。

“的确，每件古董家具背后都藏着很多故事，”汤姆颇有感触地说，“但我们后人并不能都了解这些故事。老家具原来的主人往往会要求商店对他们的身份保密。那些在时光机器中穿越历史的电影故事毕竟都是人们想象出来的。但我们修复旧家具，又赋予它们几十年的使用寿命，它们未来的主人围绕这些家具又会创造出新的人生故事。”

泳池“游”记

一

拥有一幢自带游泳池的郊区住宅，似乎是人们印象中美国中产阶层家庭的标配。特别是在加州、佛罗里达等南部温暖地区，泳池几乎可以全年使用，更加受到居民的青睐。飞机起飞降落时乘客从窗户往下望去，能看到每家每户后院都有一泓瓦蓝瓦蓝的清水。好莱坞电影中常有私家豪宅举办泳池派对的情节，俊男靓女在泳池边喝酒跳舞，玩得兴奋了就纵身跳入泳池中，哪怕浸湿了西装革履也在所不惜。

私家泳池用起来固然方便，但打理起来却很麻烦，一般须花钱雇请专业公司来维护，捞掉水面漂浮的落叶，清除池壁和池底的泥屑，过滤掉池水中的杂质，调整池水酸碱度，加氯杀菌消毒，并对循环水泵等机械设备进行维护修复。好莱坞电影经常有这样的桥段：单身女主人穿着比基尼，靠在泳池边的躺椅上百无聊赖地看畅销小说，泳池维护公司派出的服务小哥举着长长的工具给泳池清洁，胳膊和小腿上露出健硕的肌肉，吸引了女主人迷离的目光。接下来发生的故事则任凭想象，可以是引郎入赘，也可能是引狼入室。如今已发明了机器人来清洁泳池，发生泳池“罗曼史”的概率估计要降低了。

私家泳池一般位于住宅的后院，有建于地面之下和地面之上之别，也有固定式和活动式之分。以向地下挖掘建池为常见，这种泳池不会影响后院的整齐美观，缺点是家里的小孩、宠物等容易不慎掉入泳池溺水，建造成本也高一些；泳池如建于地面上，可以增加入池的难度、便于保护儿童和动物，但确实会阻挡从室内望向庭院的视线，而且泳池的深度也会受到限制。掘地而建的下沉式泳池一般都是固定式的，而从地面向上而建的泳池可以是用砖头水泥建成的固定泳池，也可以是充气塑料形成的临时泳池，夏季过后放掉气体就可以折叠收纳起来，留待明年再用。也有人为了兼顾地下和地上泳池的好处，设计出一半在地下、一半在地上的泳池，在池子四周砌出台阶边框，高度适于成人跨上去或坐上去，或在地上泳池四周搭上板台，称为“日光平台”（sun deck），台面与泳池顶边相平，台面上可安放躺椅供人休闲，也能给人与下沉式泳池相似的感觉。

除非是超级豪宅，一般普通住宅的私家泳池面积不大，常见的尺寸是宽 16 英尺、长 32 英尺（约 5 米 ×10 米），主要供休闲游泳和亲子玩水娱乐。我在夏日炎炎的傍晚散步经过邻居的围墙时，常能听到围墙里泳池扑腾水的声音和孩子们快乐的打闹声，心情也会不由随之愉悦起来。

在新泽西等美国东北部地区，由于气温的原因，一年里可以使用露天泳池的时间不长，一般为五月至九月底，不少人把阵亡将士纪念日（五月份最后一个星期一）前的周末作为“游泳季”开始日。夏季结束后，屋主就要着手关闭泳池，为冬季严寒做好准备，步骤包括清洗泳池和设备、降低泳池的水位、在水中撒入化学药品防止青苔生长、切断过滤器等设备的电源、为水管做越冬保暖包扎等，最后给泳池上盖。传统的泳池盖布采用防水防晒的聚乙烯、聚丙烯、乙烯等塑胶材料，现在发明了太阳能泳池盖板，能利用太阳能同时给泳池水加温，可以让池水温度提高 10 ℃左右，帮助泳池平安过冬。

在 1988 年拍摄的美国影片《钻石陷阱》的结尾部分，纽约警察局的劳林斯侦探跳入游泳池，潜水找到了盗贼沉在池底的钻石。他冒出水面，将钻石放在泳池的岸上，然后又潜下去寻找其余钻石。此时，由影星波姬·小丝饰演的盗贼塔拉悄悄按下电门，把泳池的盖布合上，还打开水阀继续往池中放水，准备拿走钻石逃之夭夭。劳林斯侦探在盖布下极力挣扎，几乎快要被池水淹没，幸亏他在池子里找到了一把小刀，才得以把盖布割开，露出头来呼吸。这个情节是对泳池盖布作用的生动演示。

在下雨天，最好也要把室外泳池盖上，否则雨水落到泳池里，会改变泳池的水质，池水可能变脏，其酸碱度（pH

值）也可能下降，而泳池水位过高，也可能对地基和泳池设备造成损害。所以主人对私家泳池有操不完的心。

如果屋主打算售房，是带泳池的房子好卖，还是不带泳池的房子更紧俏？答案是：不能一概而论。根据美国某房产网站的统计，在洛杉矶地区，带泳池的房屋比不带泳池的同类房屋价格高出近 10 万美元，由于新泳池的造价通常不超过 5 万美元，因此带泳池的房屋还是可以享受一定溢价的，算是对原屋主辛苦维护泳池的奖赏。但在东北部地区，泳池反而可能成为累赘，影响房屋的出售价格。据说在波士顿，带泳池房屋的售价比不带泳池的同类房屋要低 1.5 万美元以上。此外，对售价较低的房屋来说，限于买家的消费能力，泳池往往是售房定价的负面因素；但在中高端市场，购房者乐意为私家泳池支付更高的房价。

美国 1968 年上映的影片《游泳者》讲述了一个荒诞的故事：在康涅狄格州富裕的郊区，主人公奈德无意中加入了朋友家举办的泳池派对，他发现从这里到他自己家的八英里的路途上，布满了一幢幢高级住宅，每幢住宅后院都有漂亮的泳池，这些泳池连接起来形成了一条“河”，他要沿着这条“河”，一个泳池接着一个泳池地游过去，游回自己家里。在每个后院每个泳池，他遇见了不同的家庭不同的生活，而每个家庭的生活又似乎都与他过去的经历有关，都在提醒他真正的自己是谁。

可见，套用托尔斯泰的名言来说，每座豪宅都带一样的泳池，每个泳池却有不一样的故事。

二

我 2011 年底开始在南加州生活，租住的房屋位于尔湾市某社区，社区是尔湾开发公司严格按照总体规划而设计开发的居住区，共有 9600 多个住宅单元，居住人口在 3 万以上。住宅业主们自主成立了非营利性的社区业主协会，向全体业主收取会员费筹集运营资金，负责社区健身娱乐设施的运营和维护，包括 2 个人造湖泊、2 个带游泳沙滩的人工潟湖、22 个游泳池、16 个水疗池，以及网球、篮球、排球等运动场地。社区居民享有所有这些设施的免费使用权，基本上无须

加州的社区泳池

再自建私家泳池了，而且在某种程度上实现了居家如同度假的梦想。

我们一家三口都喜欢游泳，社区良好的泳池条件也是我们决定选择在这里居住的原因之一。租下一套三居室的单户住宅后，房产中介向我移交了入住文件和钥匙，其中就包括可以进入社区泳池的门禁卡。

社区的泳池分为家庭亲子泳池和成年人泳池两种。亲子泳池向各种年龄的儿童开放，泳池设有深水区和浅水区，此外泳池旁边可能还有儿童乐园、嬉水池（wader）和洒水垫（splash pad）等设施。成年人泳池并没有什么神秘的“成人”玩意儿，只不过没有了孩子的嬉闹喧嚣，不用顾忌或照看小孩，大人在这里可以认真地游个泳，或者泡在水里相互随意聊天。

离我家最近的泳池称为“烟石泳池”，是个 21 岁以下人员免进的成年人泳池，泳池大小为 30 英尺 ×60 英尺（约为 10 米 ×20 米），池面上不设分道线，但池底用不同颜色的马赛克拼出纵向的分割线，形成三条泳道。泳池采用的是盐水（与氯水相比有利于保护皮肤头发），可以加热调温，除去必要的泳池维护时间外，一年四季都可以开放。南加州降雨量小，也几乎没有下雨天关闭泳池的需要。

泳池边设有厕所、冲淋、躺椅等设施，还有两个圆形的水疗池。水疗池也采用盐水，水温一般设为摄氏 37.5~39 ℃，比人体正常体温略高，池边有控制按钮，供使用者自行控制按摩水柱的喷出时间。

当时在我们国内流行足浴和泡温泉，这个社区的邻居们则喜欢穿着泳衣泳裤泡在水疗池里，或者坐在池边把脚泡在热水里，两者颇为异曲同工。南加州冬季夜晚的气温可以降至 10 ℃甚至更低，而露天游泳池和水疗池的水下灯光明晃晃地照着，水面上冒着热气，水疗池中还升腾着浪花，氤氲之中透露着超现实的奢华之感。在我们中国人看来，实在是有些过于浪费能源和对南加州来说非常宝贵的水资源了。

晚上下班后，我也喜欢来此游半小时泳，然后在水疗池中泡上十几分钟，与邻居们男男女女离得很近也毫不尴尬，听他们天南海北畅聊，偶尔也插上一句两句。给我印象很深的是一位印度裔哥们，黑胖黑胖，身上体毛很密。他喜欢跟我聊他如何从印度来美国留学，如何在加州逐渐站稳脚跟，创立了一家软件公司，只需在家里办公，从美国客户手里揽到软件开发业务后就转包给家乡的朋友们。我起身离开时，他还在后仰着把酸疼的脖子泡在热水里，同时似乎在遥望晴朗的星空，他的思绪也许飘回了恒河之滨的故乡。

从社区泳池获益最多的或许是我太太了，作为随任的全职主妇，她除了开车带儿子放学后去学游泳，自己还利用空闲时间到不同的泳池打卡，几乎游遍了社区全部的 22 个泳池。据她说，共有 10 家像“烟石”这样全年开放的泳池，另外 12 家泳池则季节性开放。看来，社区业主协会在尽量为会员提供良好生活条件的同时，一定程度上还考虑了节省营运成本。

三

2019年底我第二次外派美国，在新泽西选择住处时考虑的标准之一仍是希望附近有可以游泳的地方。美东的露天泳池只能在较短的夏季开放，无论公共泳池也好、私家泳池也罢，往往夏天一过，就把泳池遮盖住了。因此，我的选择目标是可加温、四季皆宜的室内泳池。经过一番“市场调查”，可选的游泳馆种类一是专业的健身俱乐部，但此类俱乐部往往不单独销售游泳卡，顾客只能办理综合性的健身卡，价格较高，而且据说退卡手续很复杂，而我对游泳之外的健身项目并无兴趣；二是公寓大楼或小区自带的游泳会所，此类会所有封闭式和开放式之分，开放式会所允许接受非本小区的居民付费办理会员卡；三是由地方政府管理的公共游泳馆，本地居民办理会员卡享受折扣价，非居民的收费标准略高，但与私营泳池相比，价格还是相当亲民的。

我初次租住的公寓大楼本身仅有露天泳池，但附近另一个大楼裙房内有带室内泳池的健身会所，两者之间步行仅需十来分钟。可惜抵达美国后不久即暴发新冠疫情，我还没来得及去办卡，那家会所就无限期闭门谢客了。不久我迁至郊区北阿灵顿镇的单户住宅，也是看中住宅附近一所中学的室内游泳池同时作为社区泳池对外开放，尽管该学校所在位置属于林赫斯特镇，我仍然可以办理非居民会员卡。

疫情过后，我前去林赫斯特镇市民中心办理了游泳年卡，费用为 325 美元，而如是本镇居民办卡仅需 250 美元。另外也可以办理有效期四个月的季度卡，本镇居民收费 95 美元，非居民收费 120 美元。我算了一笔账，按 325 美元的年卡费，即使平均每星期游一次泳，全年 52 次，平均每次花费仅合人民币 50 元不到，并不比国内相当条件的泳池贵，更何况如果再多游一次，就等于多赚一次了。

新泽西的社区泳池

社区泳池是25米长的半标准游泳池，宽15米，有6条泳道。池边的1~2条泳道预留给小孩在家长陪同下戏水。淋浴间和更衣室看上去有些老旧，但设施都维持在正常工作状态。镇政府网站上公布了一周内泳池开放的时间安排，除了周二闭馆外，基本上每天开放三个小时，周一、周四在晚上，周三、周五在早上，周末两天则在下午。如学校有重大活动，如SAT考试日（类似中国的高考日），管理方则会电邮通知泳池临时关闭。

游泳馆的现场管理和救生员都由中学的学生担任，可以领到最低工资标准的薪水，也算是勤工俭学。这些学生外表年轻、阳光、帅气，对前来游泳的人态度客气，因为游泳者都可以算是他们的邻居，有些说不定自小就认识的呢。几次过后，他们也有人记住了我，不用查看游泳卡就挥手让我进去。

办卡后不久，我在游泳时就碰上了一点状况。当时游泳馆内突然铃声大作，管理员指挥游泳者快速离开泳池向门外走去。我意识到发生了火警，也来不及去更衣室取毛巾或衣服，从泳池爬上岸后跟着众人走出游泳馆，在大门外等候。旁边有几人和我一样，没有毛巾擦身，仅穿着泳衣泳裤，全身还在往地上滴水。尽管还是夏季，但傍晚的风儿吹在光溜溜的身上，依然感觉凉飕飕的。但大家都没有怨言，默默配合着工作人员的指引。好在学校距离镇政府的机构不远，不到五分钟，就有第一辆警车接报后呼啸而至，全副武装的警察下车后向工作人员了解情况，并通过步话机与指挥中心保持联系；又过了几分钟，一辆大型消防车在吉普车的引导下，停在了学校大楼的门口，三位消防员很专业地打开通往校舍的通道门，寻找警讯的来源。现场人员尽管很忙碌，但显得有条不紊。大概半个多小时后，警察过来告诉我们，是学校电脑室的电线短路冒烟，触发了火警，但现在已被消防人员处理好，大家可以回去游泳了。我们顾不上说什么，似乎也无人有心情欢呼，赶快跳入游泳池水里后才觉得温暖了许多。

游泳池大部分时间并不繁忙，我可以独占一条泳道。有时游泳人数超过了泳道数，有新来的泳者想与我合用泳道，会等我游到池壁后轻声问我："可以和你共用一条泳道吗？"我当然没有拒绝的理由。有位女士下水后想穿越我这条泳道，移动至另一条泳道，也会先客气地打招呼："我要穿过去，劳驾了。"

美国人讲究游泳礼仪，一旦觉得自己受到冒犯，维护起自己利益来也毫不含糊。有一次，和我共享泳道的是一位缓慢踩水而行的中年妇女，估计是以此作为理疗或康复的手段。我游泳速度并不快，但也常常需要从她身边超越。过了一会儿，我听到有管理员在叫我，让我上岸去，说有话要跟我说。他把我带到墙角，轻声问我："刚才在泳池发生了什么？那位女士向我们投诉了你，说有好几次你的手臂打到了她身体，如果过一两天她身上出现淤青，会起诉我们游泳馆的。”我吃惊地愣住了，觉得自己遭到了冤枉，因为我连碰都没有碰到过她。我如实把事情经过做了解释，管理员同情地说：“你也是我们这里的常客了，我相信你不会打到她，最多在超越时可能轻轻地碰触了一下，那也没什么大不了的。那位女士以前也投诉过别人，大概脑子不太灵光，你尽量躲着她，别招惹她吧。”

事后想起此事，我还有些后怕，如果无意中真的伤害到别人，可就麻烦了。所以，我用手机把游泳馆墙上贴的泳池礼仪规则拍下来，回家又认真学习了一次。关于泳道游泳，礼仪规则中这样写道：“转圈法是在泳道内游泳最常见的方式，即如同驾驶汽车一样，靠泳道右侧以逆时针方向游动，给泳道中部留空。如果须在泳道内超越别人，最好是在池壁处超越，可在游泳过程中伸手轻触前面之人的脚部，提醒对方到池壁处时暂停，让你过去。如须在中程超越，一般应在两根仰泳旗绳之间的区域（即距池壁 5 米以上），并从泳道内侧或中部超越。如果别人要超越你，请在池壁停下让行；如对方打算在中程超越，请你尽量靠近右侧的分道线，并放慢速度，便于对方超越。假如大家游速接近且都遵守泳池礼仪，同一条泳道可以容纳六人，甚至更多。”

在这样的社区公共泳池，要找到游速相近的人同游一条泳道，并不容易。但如果大家遵守礼仪，互相体谅，确实可以让公共资产发挥更大的效用。后来，我发现了一个规律，游泳者大多抱有赶早不赶晚的心理，在泳池开放后的第一个小时往往是最繁忙的，当中或最后一个小时泳池都比较空。因此，我决定以后尽量“错峰出游”，避免与别人争道。

有人常在当地社交媒体上抱怨公共泳池人太多，小孩太吵，池水太脏，开放时间也太短，因为他们可能还有私家泳池等其他选择。对我来说，公共泳池不仅提供了一年四季都可以畅游锻炼的条件，而且也给了我与当地居民近距离接触的难得机会，成为我了解当地民风的宝贵窗口。

该死的医疗费用

一

在搜索引擎上输入关键词“美国医疗费用”，瞬间会跳出这样的标题：“看病贵的美国：费用昂贵高居全球前列，有医保也不敢轻易住院”“美国医疗成‘最赚钱的行业’之一：新冠康复者收到276万元账单”[①]“美国医疗费用有多贵？中国游客赴美旅游意外骨折，被医疗账单吓坏”“医疗保险和让人咋舌的医疗费用：美国医疗体系概述”。国内有些关心我的朋友，对这样的标题感到很震惊，来信让我谈谈对美国医疗费用的亲身感受。

坦白说，我对美国医疗费用并没有太深的感受。一方面，我们驻美企业给员工提供较好的福利待遇，员工医疗保险计划保障程度较高，员工的配偶、子女也都可以加入，定期从工资单中扣除应由员工自付部分的保费（我本人加上两名家属入保，每月工资中扣除300美元，另外要预扣200美

① 此处276万元指的是人民币。

元的员工福利税）。另一方面，我正处于四五十岁的壮年期，平时很少生病，与医生的接触主要是一年一度的体检，以及平时去开一些降血压血脂的常用药、到牙医诊所洗个牙之类，我的随任家属也没有太多的医疗需求。公司每年向医疗保险公司招标，根据保险公司的报价来选择来年使用哪一家的保险。公司签约过的医保公司有蓝十字蓝盾（Blue Cross Blue Shield）、信诺（Cigna）、安泰（Aetna）等。

孩子上学期间，如能加入家长单位的医保计划，就可以向学校申请豁免购买学校推荐的保险计划，每月往往能省下好几百美元的费用。我第一次外派任期结束回国后，儿子留在美国就读私立高中，我们为他选择了国际学生组织（ISO）提供的留学生医保计划，既能满足美国医疗法律规定的最低要求，又因其是根据留学生的一些特殊需求量身定制的，保费价格低于当地市场上的其他医保方案。他硕士研究生毕业后，就职的第一家公司给员工提供的是凯萨（Kaiser）集团的医疗保险。凯萨医疗集团是美国能够同时提供健康保险和综合医疗服务的机构，它旗下的医院分布在加州、华盛顿州等 8 个州，据说在全球共有 1200 多万名会员。当然，这种保险的特点是须优先使用凯萨旗下自己的医疗机构，而使用安泰等公司的医疗保险，病人可选的医疗机构范围更广，便于就近寻医问药。

医保公司给我寄发的就医卡上列出了须自付的诊疗费（称为 co-pay），大致相当于我们国内的门诊挂号费。如去普通医生诊所看病，自己要支付一次性的诊疗费20美元，看专科医生的话自付40美元，其余部分的诊疗费由保险渠道支付。参保人员可以在保险公司网站上设置个人账户，从中可以查询每次就诊的详细费用信息。举例来说，有一次体检验血之后，家庭医生按预约时间给我打电话反馈结果，实际仅用了不到5分钟时间，医生诊所开出的账单价格是310美元，按医保计划享受的折扣打折后，实际须付53美元，个人支付20美元的诊疗费，其余33美元由医保公司支付。我须定期去肾科诊所，让医生开降尿酸药的处方，诊所每次开出的账单为130美元，在扣除医保计划享受的57美元折扣后须支付的金额为73美元，其中个人支付40美元专科诊疗费，医保公司也支付33美元。

我在家庭医生诊所体检时做了一次心电图，账单金额50美元，享受25.56美元折扣，其余24.44美元由医保公司支付，个人不付费。有一次医生开了拍X光胸片的单子，我来到一家确认说可以接受我的医保医学影像的机构拍片，我支付了须由个人承担的60美元。过了一段时间，我收到医保公司寄信通知说，那家拍片单位不在医保公司的签约网络内，因此医保公司拒付拍片单位寄给它的账单，而拍片机构也没有再来向我追偿。我在药房打了一针最新的辉瑞新冠疫苗，疫苗原价177.25美元，医保享受131.72美元的优惠价，都由保险公司承担，个人无须付费。

独立经营的医学影像中心

再来看凭医生处方在药房买药的费用。30 粒规格为 50 毫克的降压药氯沙坦钾片原价 206.13 美元，医保折扣后的售价为 7.74 美元，全由个人支付。30 粒规格为 40 毫克的降尿酸药非布司他的售价 196.44 美元，个人支付 10 美元，其余 186.44 美元由保险公司支付。

值得说明的是，上述数字仅是我的个例，如果保险公司、保险计划、诊所、药房等因素不同，情况可能不太一样。之所以不厌其烦地列出上述医疗服务和药物的详细费用情况，是想以真实的例子，让读者自主判断美国医疗费用的现况。从中明显可以看出，医保公司可以凭自己的谈判实力，从医疗和医药机构拿到相当大的折扣，而病人如果没有医保，不仅无法享受到保险支付的费用，并且还要按虚高的原价来全额支付，开支可能比有医保的人高出数倍。

本文开头所述的新冠病人收到 276 万元（人民币）账单的案例中，实际原价应该是 40 万美元，除去医保公司可能享受的折扣和支付的金额，最后病人自己须支付 7.5 万美元，约合人民币 52 万元。尽管 52 万元听上去没有 276 万元那么令人惊悚，但仍是庞大的数字，给病人带来了沉重的财务负担，这是毋庸置疑的。

二

在美国，拥有稳定的工作不仅意味着拥有稳定的收入，还意味着拥有较好的医疗保险，并且还可以惠及家人。那么，无法享受医保的人士，如失业者、退休人员、个体户以及虽有工作但老板不提供医保的就业者，如何获得医疗保障呢？答案是：经济条件较好的人可以花钱在市场上购买商业医疗保险，低收入者和老人则需要寻求政府的帮助。

然而，商业保险市场鱼龙混杂、陷阱重重。一位女士撰文讲述了她在欧洲生活多年以后迁回美国居住，在购买美国健康保险时遇到的一波三折的故事。她是美国国籍，年轻时到欧洲留学，然后留在德国担任英语教师。在德国，健康保险是法律强制要求的，有关规定一目了然，费用也较为低廉。11 年之后，她决定回国生活，而首先要研究的是如何在美国购买一份医疗保险。她在电脑搜索引擎上输入“健康保险”，屏幕上跳出很多相关链接，她点击了第一个看上去挺正规的纽约州网站。不到几分钟，就有保险经纪人打电话来向她推荐保险计划。凭着在德国时对政府健保的信任，她天真地以为他们推销的是纽约州政府的正规保险，向经纪人了解了几种计划的细节，觉得其中的一份不错，每月保费仅为 239 美元，按美国的标准来说相当便宜了，而且对急诊的保障程度较高，她当即在电话上同意投保，并支付了首期保费。经纪人还提到了 HMO（健康维护组织）、PPO（优选医疗提供者组织）等名词，让她莫名其妙，但又不好意思详问。

然后经纪人给她发来了详细的保单，她一看傻眼了：免赔额为 8750 美元，一年里看一次医生可以有一次 25 美元的优惠诊疗费，其余次数的诊疗费比电话上承诺的高出不少，而且保险保障的项目极少。此外，还有一个奇怪的要求，她必须下载保险公司自己的浏览器，并且每年使用至少 500 小时，才能维持保险的有效性。她想：什么情况？假如我出个车祸什么的，自己竟然要支付至少 8750 美元？那还要这个破保险干什么？

她马上致电保险公司，要求取消保单，幸好对方也同意了。她像只受伤的小鹿，逼着自己整整一个星期不再去想医保的事情。但是，原来德国的保险即将过期，她不得不重披战袍，接起了经纪人打来的电话。对方信誓旦旦地保证，这次的保险计划绝对合适，自付的一次性诊疗费低，而且承保项目齐全。她心有余悸地告诉对方，自己已经上过一次当，希望不要再出现类似的情况。对方为了表示诚意，将自己的姓名、公司电话分机号码告诉了她，并且声称这个计划是免赔额为零的 PPO 保险（她此时已经了解到，PPO 保险给予病人更大的选择医生的自由度），每月保费仅为263.9美元，再加上125美元的一次性注册费。她尽管将信将疑，但还是同意了投保。然后她就去德国处理一些搬家的杂事。两个多月后她回到美国家中，拿到了寄来的“保险卡”，但卡上明确无误地写着:“本计划并非保险。”

读了卡上的说明，她才知道，这是得克萨斯州一个宗教团体经营的“保险分享”计划，而且几乎不能保障什么。这个机构的网站也很不正规，在上面注册账户需要密码，而从来没人给过她这个密码。“这也太扯了吧？”她气冲冲地拨打了对方的客服热线，在线上等了20分钟，对方却挂断了，再试也是如此。她在网上搜寻关于这家“保险分享”公司的信息，发现很多人和她有同样的上当经历。她借鉴了其中一名网友的应对办法，向自己的信用卡发卡银行进行举报，并提交了争议索赔，逐字叙述了当初保险经纪人给她的承诺，并详细提供了其他必要信息。经过几周时间的交涉后，她终于讨回了已支付的钱款。

上过两次当后，她学乖了，经纪人的电话一概不接，老老实实地到纽约州政府的官网上去登记，不到一天就收到回复，由于她尚未在美国找到工作，属于失业状态，可以享受州政府的“医疗援助”计划。因为她当时的年收入不到18750美元，足够“贫穷”，所以她不用支付任何保费、诊疗挂号费，免赔额为零，医疗费用全额报销，可算是“山重水复疑无路，得来全不费工夫”。

美国由政府出钱的医疗保障计划分为“医疗照护”（Medicare，按保险卡的颜色俗称为“红蓝卡”）和“医疗援助”（Medicaid，俗称为“白卡”）两种。前者主要是照顾65周岁以上的老人和虽然不到65周岁但患有残疾和某些特定慢性病的病人。后者是给穷人的医保福利，为低收入人群提供免费或低成本的医疗保险，孕妇、儿童、老年人、残疾人都可能符合资格。申请白卡的条件主要根据家庭收入和财产，各个州的最低收入门槛有所不同，通常不超过联邦贫困线的138%。美国公布的2023年联邦贫困线为个人14580美元，这意味着只要年收入低于2万美元即可能合格。

红蓝卡和白卡计划听上去很好，但其可持续性越来越受到质疑，由于成本逐年攀升，资金支付捉襟见肘，据估计，联邦医疗保险基金到2028年可能出现入不敷出的状况，甚至有破产的可能。不少国会议员已经提议要将申请红蓝卡的最低年龄提高到67周岁。

政府医保也有颇多不完备、不合理的地方。有位中年女士撰文述说了这样一个故事：她父亲确诊罹患了路易体痴呆，是老年痴呆症的一种，按照政府医保的规定，痴呆症病人需要的“看管性或陪伴性”照护可以由家人提供，护工费用不能由医保报销。相反，如果老人得了癌症或心脏病，医保可以报销护理费。她母亲一直在照顾父亲，但近来因心力交瘁，自己的身体状况也每况愈下，而她自己工作很忙，只能抽空来探望，无法承担起全天候照顾父亲的责任。他们只能让父亲花钱住到针对记忆下降病人的护理院，为此承受着沉重的财务压力，担心有一天会花光所有积蓄，并殃及母亲今后的生计。老人退休收入低，也支付不起商业性长期照护保险的保费。这位女士向政府医保部门写信寻求资金资助，医保部门的回复让她心凉了半截："我们认为老年痴呆并非医学问题。"

她愤懑地写道："如果父母穷得叮当响，不用担心，因为他们可以申请政府补助；如果父母退休金账户里存有两三百万美元，也不用担心，可以购买商业保险享受良好保障。如果像我一样，父母是中产阶层，上不上、下不下，那么问题来了。如果疾病会让一个家庭破产，这就是个制度的问题。不少家庭处于危机之中，但似乎没人再讨论这个问题。"

三

除了医疗成本高昂、医保体系不完备，病人还要承受人为错误造成的过高收费。杜仁先生的太太在十一月生了个男孩，医生担心婴儿可能会受到某种感染，一出生就把他放在新生儿加护病房观察。四个小时之后，医生宣布婴儿可以回到正常的病房，与产妇一起在病房又住了两晚后出院。

杜仁先生收到医院的账单时，大吃了一惊。有一项是产妇鼻腔盐水喷雾，价格为 55 美元，但他妻子根本没有做这个项目。这个还是其次，医院要收取新生儿在加护病房一晚的费用为 3500 美元，另外一晚在普通病房，费用为 2226 美元。他向医院开单部门交涉，指出这两个项目与事实不符，院方职员答应会予以核实。后来医院对产妇和婴儿的费用进行了重核，最后总的账单反而还增加了近 1000 美元。

杜仁一家本来应该享受喜获麟儿的快乐，如今却因为医院工作的马虎，要花上几个月时间来来回回与医院交涉住院费用，搞得一家人精疲力竭，他甚至还动用了社交媒体引发网友讨论。好在他的坚持和努力没有白费，最后医院收费部门的头儿亲自给他打电话，不仅取消了多收的加护病房费用，还把他们尚欠医院的 2800 美元也给豁免了。

急护诊所

他们的经历并非个例，医院账单出错事件在美国已是屡见不鲜。类似的故事最近也占据了报纸头条，如一位仅八个月大的幼儿头部被撞了一下，家人把他送到医院的急诊室（Emergency Room）治疗，在那里睡了一觉、喝了一瓶水冲的幼儿配方奶粉，被开了 1.8 万美元的账单；有位妇女突然晕厥，摔倒在地时耳朵被割伤，被送到看似亲民的急护诊所（Urgent Care）治疗，仅敷了冰袋、给耳朵做了包扎，收费几乎高达 6000 美元。

一位男青年骑自行车摔伤了肩膀，他打电话找了附近的一家医院，医院询问了他的医疗保险，说他们属于这家保险公司的“网络内”医疗机构。他去了以后，医院给拍了 X 光片，用了看上去一点也不结实的胳膊固定护具。几天后，医院的账单到了，说是按“网络外”医院的收费标准，共要收取 4000 美元。这位青年是个马大哈，把账单扔在一旁没去理会，过了两个星期，医院又寄来一封更正函，说经核实，应按“网络内”医院标准收费，修改后的账单仅为 17 美元。

这家医院还算诚实，自行修正了报账错误。现实中有不少医院蓄意混淆“网络内”和“网络外”的区分，从中渔利。有些医院本身虽属“网络内”，但把急诊服务外包给“网络外”医疗机构，按“网络外”标准向病人收费。

据统计，医院账单存在错误的比例高达 80%。说来也难怪，因为医院的管理制度繁杂，往往有近 7 万个病情诊断代码和 7.1 万个以上的治疗代码，要从中精准找到合适的代码殊非易事。一位病人吐槽说:"要看懂住院账单，核对出哪项对哪项错，简直像大海捞针一般困难。"用错一个代码，收费往往会多出几百甚至几千美元。医院也有意愿拉高报价，以便有讨价还价的空间。美国医学会的一份报告指出，全国每年在非必需和定价过高的治疗上花费的费用高达 2100 亿美元。

此外，各家医院之间的收费标准可比性较低，透明度不高。有一份研究报告收集了 2012 年美国各地医院治疗重型肺炎的收费数据，最低的是加州安纳海姆医学中心，为不到 6 万美元，最高的是佛罗里达州坦帕市的一家医院，接近 10 万美元，两者相差 4 万美元。如果说是优质优价，人们倒也可以理解，但其实收费高的医院服务并非一定很好。由于病人得到的信息不对称、选择余地小，医院坐地起价，还往往不用担心高收费导致病人流失。

近来社交平台上流传着这样一则视频：一位妇女在波士顿乘地铁时，腿被夹在了地铁车厢与月台之间的缝隙里，身旁的旅客伸手帮助她把腿拔出来，有人在喊"快打电话叫救护车"。这位妇女顾不得腿上的疼痛，惊恐地阻止道:"叫个救护车要花 3000 美元，我哪付得起这个钱啊。"可见寻常百姓对高企的医疗账单简直是"谈虎色变"，"该死的医疗账单"（damn medical bills）成了很多病人的口头禅。

四

面对高昂的医疗费账单，付不起钱的病人只能冒着风险设法赖账。一种办法是“拖”，希望拖上几年后医院可能忘了这笔费用，或者作为坏账注销掉。

第二种办法是“跑”，偷偷搬了家、换了电话号码，让医院或者他们委托的追债公司找不到他们。

第三种办法是“宣布破产”。有位病人多年来积累了5万多美元的医疗债，眼看再也拖不下去，他干脆到法院申请破产。追债公司听说后，赶紧通知他说，只要他支付500美元现金，就可以把5万多美元一笔勾销。

第四种办法是“主动出击”。有位律师患者收到1万美元的医疗费账单，他给医院寄去一张500元的支票，还写了一封信，信中说，如果医院兑现了这张500元的支票，就意味着同意放弃追索其余医疗费。医院竟然也接受了，后来就没有再来找他麻烦。也有病人声明自己没有钱，但可以设立一个分期付款计划，每个月支付10美元。对方无可奈何，也许只能接受，过了几年你即使停止支付，对方可能也不再追究了。

美国有不少专业的第三方追债公司，会以极低的价格从医院打包购买医疗债，比如以1万美元的现金对价取得100万美元债权的代位追偿权，然后再根据债务人的财务条件来确定追债策略。有的债务人有房有车，或许还有体面的工作，那对不起了，追债公司会像猛狮一样咬住你不放，直到你流干最后一滴血。有的债主一穷二白，浑身的骨头可能也榨不出二两油，追债公司自然也不会在他身上多浪费时间。所以欠了医疗债的人采用哪种赖账策略，也要根据自己的资产状况而定。

因为医疗费账单的水分较高，美国社会一定程度上对拖欠医疗费的行为有所同情和宽容。众所周知，美国是信用社会，你买房买车时是否能获得银行贷款、向银行申请信用卡有多少透支额度，都与你的信用评分有关。医院或追债公司自然也会将你欠医疗费不还的行为报告给信用评级机构，某种程度上必然会影响债务人的信用评分。但总体上看，同其他一般债务相比，信用评级机构往往会对医疗费债务有所宽限。目前美国部分议员正在推动制定《医疗费债务救助法》，希望禁止将拖欠医疗费的行为与个人的信用评分挂钩。

医院或追债公司也可以把债务人告上法庭，要求法庭责令债务人还债，如对债务人资产进行留置，要求从债务人薪水或年度个人所得税退税中预扣一部分归还医疗费债务等。联邦政府和州政府出于对债务人的保护，对预扣金额大小会做出一定的限制。

我们经常在美国电影中看到，发生交通事故或突发疾病的病人被送到医院后，往往不需要先办理手续，缴付预付金，就直接进入急救室抢救。国内某报纸也刊登过记者撰写的题为《先治病后付钱 给不起可“免单”》的报道，因有过于美化美国医疗制度的嫌疑，当时还引起了一些争议。实际情况究竟如何呢？

首先，“先治病后付钱”严格说来讲的是急诊。美国1986年颁布了《紧急医疗与主动分娩法》（全称为Emergency Medical Treatment and Active Labor Act，缩写为EMTALA），规定符合条件的医院应为病人提供紧急医学治疗和接生，以抢救病人和孕妇为优先，不论其是否拥有医疗保险。所谓符合条件的医院，是指医院须设立急诊科室并且接受联邦政府“医疗照护”计划支付的费用。除了家庭医生诊所等小型医疗机构外，几乎所有的医院都满足这两个条件，因此可以说EMTALA适用于几乎所有的美国医院。

就EMTALA的要求来说，医院对非急诊病人，或者不设急诊科室的医疗机构是可以要求病人必须拥有医疗保险或预付保证金的。但实际上，医保公司与医疗机构签署的合同一般都会禁止医疗机构在提供医疗服务之前先要求支付费用；美国急诊医生协会规定，急诊科医生有义务为紧急状态下的病人实施抢救，无论其是否有支付费用的能力。但这些要求并非法律规定，因此免不了会有医疗机构明知故犯，要求病人预付费用，尤其是没有医疗保险的病人。

如果说，“先治病后付钱”还基本符合事实的话，“付不起可免单”则明显夸大其词了。首先，从前文叙述的事例来说，除非病人拥有全额保障的“白卡”，否则在美国不存在“免费医疗”一说；其次，后续医疗费支付是个讨价还价的过程，医院与保险公司之间如此，医院与病人之间也是如此；对收入低、经济困难的病人，以及对拖定主意赖账的“刺儿头”，医院或其追债公司可能会觉得继续追债的性价比不高而放弃追索，是无奈的权宜之计，一般来说并非医院方面心甘情愿地主动“免单”。医院收费“水分”高，账单“猫腻”普遍存在，病人是博弈中处于相对弱势的一方，医院因“免单”而损失的钱也完全可以从别的病人那里找补回来。

个人支票

2020和2021的两年间，美国政府分三批向收入较低的纳税居民发放新冠疫情补助金，合计发放金额达8140亿美元，在帮助居民纾困的同时，也为后来严重的通货膨胀埋下了种子。救助金每批发放量都在1.4亿笔以上，其中第三批数量最多，为1.67亿笔。支付办法是根据联邦税务局掌握的纳税人信息，如有银行账号在册，就直接转账至其银行账号；对没有提供银行账号的纳税人，则向他们邮寄纸质支票或预付借记卡。虽然大多数人是以银行转账方式获得救助金的，收到纸质支票的人占比不高，但人们在口语中还是喜欢将补助金称为“刺激支票”，而很少提及它的正式名称“经济影响支付金”。

目前，美国雇主越来越多以银行转账的方式向员工发放工资，但人们习惯上也依然将收到的工资称为“薪水支票”。

纸质支票自18世纪发明问世以来，已经使用了两百多年，对美国的经济活动和居民生活都产生了深远的影响。不少人随身携带个人支票本，在需要支付款项时当场填写支

手写个人支票

票，支票几乎像现金一样好用。我们小时候在西方电影中常看到富豪从西装口袋中掏出支票本，潇洒地填上天文数字，很是羡慕。后来才知道，只要在银行开设了支票账户，就可以申请个人支票本，支票本并非富豪的专利。

英语中习惯将签发支票叫作 cut a check。这个说法最初的来源已不可考，以现在的做法而言，手写的个人支票须从支票本中撕下，电脑开具的支票与记账联一起打印在 A4 纸上，再将支票与记账联切割开，都比较符合 cut a check 的形象。

人们喜欢收到一张 big fat check，并不是说支票本身特制成“又大又胖”，而是说支票上填写的金额足够大。

有人总结了使用个人支票的十大好处，且罗列分析如下：

一、邮寄支票比邮寄现金更为安全。支票只是薄薄的一张纸，放在信封里不会显山露水，不容易成为邮件窃贼的目标。

在美国，在信件中夹寄现金并不违法，除非邮寄现金是为了达到逃税、洗钱等非法目的。不少老年人会在寄给孙子孙女的生日贺卡中夹上 5 美元或 10 美元的纸币作为礼物。法律要求现金金额超过 500 美元时，必须使用挂号信邮寄。邮局对顾客申报的邮寄现金提供保价服务，一旦灭失可以予以赔偿，但赔偿上限不超过 5 万美元。联合包裹（UPS）和联邦快递（Fedex）等速递公司规定不允许在快递包裹中夹带现金。

邮寄现金有失窃的风险，但邮寄支票也并非绝对安全。据媒体报道，美国政府使用纸质支票发放疫情补助金的比例虽然不高，但数量仍相当可观，吸引了以拦截邮件窃取支票为能事的犯罪分子。政府支票发放完毕后，这些人的目光转向了私人邮件中夹寄的支票，支票邮寄途中遭失窃的案例有所上升。所以警方提醒居民尽量将装有支票的信件直接送到邮局交寄，减少中间环节。

二、遭窃的支票不容易变现。支票上载明了受益人的姓名，一般只有受益人本人可以取现或存入其银行账户，或者受益人把支票背书后转让给第三方。

尽管如此，“专业”的支票窃贼还是有本事将支票上的受益人姓名、支付金额等字迹消掉后重新填写的。虽然支票签发人发现问题后可以通过银行系统追查被盗款项，但其过程旷废时日，资金需要较长时间才能重新到账。

另外，个人支票上印有支票主人的姓名地址和银行账号等敏感信息，空白支票本一旦遗失或遭窃，不仅给不法之徒提供了模仿签名随意填写金额的机会，而且还可能给支票主人带来其他安全隐患。

三、个人支票便于跟踪。支票上印有编号，并与签发人的存底联上的编号一致，支票如有伪造或篡改容易核对。受益人兑现或储存支票需要提供身份证明或账户密码等信息，一旦出现误领，也有迹可查。

四、个人支票签发与承兑之间有时间差，即使签发人在签发支票时银行账户内余额不足，只要在受益人兑现之前及时转入足够的金额，就不会发生跳票的情况，这样也给签发人增加了资金周转的空间。一旦发现支付对象或支付金额有误，也有时间通知对方暂停兑现，或通知银行停止承兑。

这一特点从签发人的角度来看是优势，但从收款人的角度来说，信用卡等电子支付方式可以让资金实时到账，有助于提高资金周转效率，接受个人支票等于给了对方赊账的时间。

如今，对于有银行账户的收款人来说，收到支票后不用去银行也可以把支票存入账户，可以加快资金到账。不少银行的应用程序（App）有“在线存入支票”的功能，只要在支票背面的背书栏注明“仅用于在线存款”，然后用手机拍摄支票正反面的照片，登录上传到银行 App 账号里，即可等待银行审核后入账。完成入账后的纸质支票就完成使命，等同废纸了。

五、与信用卡支付、银行转账等方式相比，受益人即使没有银行账户也可以兑现支票。在美国，有相当多的人是没有银行账户的，特别是有些新移民因没有合法身份证明，不具备开设银行账户的资格，他们给人打工收到支票后，可以到支票承兑机构直接换取现金，但须支付一定的手续费。

沃尔玛超市为方便低收入阶层顾客，在店内设有“沃尔玛货币中心”，提供支票兑现服务，收取的手续费低于一般银行的收费标准，但他们仅承兑薪水支票、政府补助金支票等信誉较好的支票，不接受手写支票、个人支票等被认为风险较高的票据。

六、与使用现金相比，签发个人支票时留下的存底联就等同于购物收据，而且尺寸统一，存放在支票本内，便于一段时间后进行个人支出的统计结算和预算管理。但在这个方面，信用卡的消费账单一目了然，显然比个人支票更胜一筹。

七、个人支票自带职业感。自由职业者一般要求客户使用支票支付服务报酬，以体现其服务的专业性。有些商业性企业要求“货到付款”或“银货两讫”，用支票付款也颇具资金换手的仪式感。

部分营业场所或个体经营者会声明“仅收现金”。法律并不禁止商家仅收现金，对支票、信用卡等支付方式说“不”，但如果仅收现金的目的是隐匿收入逃避纳税，则是另一回事了。

八、个人支票易于定制化，体现个性。可以向开户银行

定制化个人支票

提出要求，按照你心仪的样式或图案来印制支票本的封面和支票本身，比如支票的背景可以印上你本人的照片或你喜欢的风景和花卉图案等，另外也可以通过个性化的设计来增加支票的安全性。

支票上有“备忘”栏，一般供填写资金用途等相关信息，便于使用双方记账或帮助日后回忆，但与签发日期、受益人姓名、金额等必备栏目相比，这个栏目属于可有可无的内容。所以也有人将备忘栏作为抒发感情和开出格玩笑的场所，如祖辈给孙辈寄生日贺礼支票，可能在备忘栏里写道，“宝宝十岁生日快乐”或者“买蛋糕还是买滑板，随你啦”。租客不满房东涨租金，可能会在支付房租的支票上写道：“哎哟，我的血汗钱呐。”有位曾在银行负责审核入账支票的职员说，她在银行工作期间最大的乐趣就是阅读支票备忘栏上的留言，往往会被感动得落泪，或者被逗得笑出声来。

九、个人支票的用途很广，可以支付公共事业费、房租、孩子的培训费、捐款等，也可以在某些商店、餐厅直接用来付款，享受与现金同样的待遇，相比之下，刷信用卡可能还要支付 3% 左右的手续费。

十、因为个人支票历史悠久，不少恪守传统的人士（如老年人）保持着使用个人支票的习惯。

当然，这句话反过来可以理解为，年轻一代越来越喜欢电子支付和网上银行等现代科技，倾向于将个人支票本束之高阁。他们觉得，纸质支票不符合无纸化办公的趋势，造成环境资源浪费，另外邮寄支票还须占用人工和邮费。美国有关机构在 2014 年做过一个调查，18~24 岁年龄组的受访者中 60% 以上从来没有签发过个人支票，而 55 岁以上年龄组的受访者继续使用个人支票的比例超过 75%。2015 年，费城联邦储备银行发布的研究报告称，2009 年全美处理的纸质支票总数达 280 亿张，以后每年平均减少 12 亿张，按此速度到 2026 年纸质支票的使用量将会降为零。

如今又过了将近十年，看来 2026 年纸质支票在美国完全退出历史舞台的预言不会成真，但包括个人支票在内的纸质支票的地盘在日益缩小，这是不争的事实。

银行出纳支票里的陷阱

几年前，孩子入读私立中学，须支付首笔学费，因金额较大，校方提出不接受个人支票，要求提交由银行签发的 cashier’s check。我查询了何为 cashier’s check，了解到这种支票在中文里有“银行支票”、“出纳支票”或“现金支票”等译法，是银行先从我的个人账户中将钱转到银行自有资金的账户，然后以银行的名义签发支票。对于接受支票的收款方来说，因为有了财大气粗的银行的加持，不用担心个人支票可能出现跳票的情况，可以更为安心。银行的这项服务一般也不是免费的，我记得当时每申请一张这种支票须支付 10 美元手续费。

支票名称中的 cashier 是指银行的出纳，所以我觉得将 cashier’s check 译为“银行出纳支票”更为全面准确。尽管有人觉得 cashier’s check 几乎同现金一样好用，我个人不建议使用“现金支票”这一译法，因为一方面，在我们国内，支票有转账支票与现金支票之分，我们的现金支票与 cashier’s check 意思不同；而另一方面，美国的个人支票也可以直接

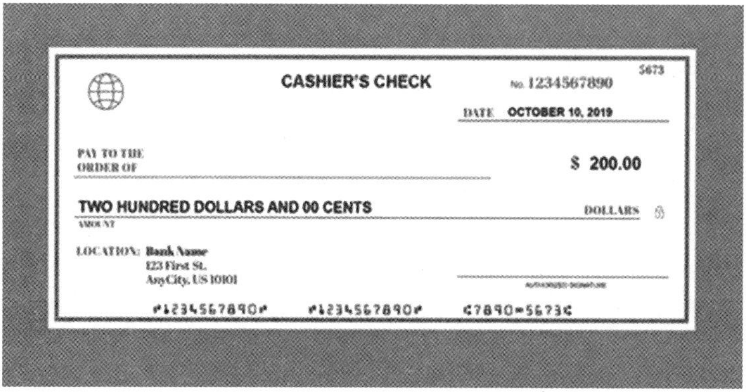

银行出纳支票样本

兑换成现金（可能须支付提现手续费），因此“现金支票”的名称并不能体现 cashier’s check 与个人支票之间的差别。

因为以上的经历，我或许同其他不少人一样，对银行出纳支票有种特殊的信任感。但最近发生的与银行出纳支票有关的一件事差点让我上当受骗，也颠覆了我对它的这种信任感。

事情的经过是这样的：我因嫌床上所睡的席梦思床垫太软，在美国某闲置物品交易网站上挂出了出售二手床垫的信息，并预留了可供联系的电子邮箱和手机号码。仅仅两个小时之后，就有人给我发来手机短信，说很中意我的床垫，价格就按我所挂的 250 美元，但他目前在外地出差，无法立刻上门一手交钱、一手提货，所以愿意多支付 50 美元费用，让我为他保留这个床垫，不要再卖给别人了，并且最好把信息从网站上撤下来。

我以前也曾在这个网站上选购过二手家具，一直比较顺利，去上门提货时遇到的卖家大多也很客气。没想到这次自己上网售货也如此快捷，我难免有些得意，但还算留了个心眼，回复对方说：为你保留床垫没有问题，但须尽早付钱，我一收到钱就会把网上的广告信息撤掉。

对方回复很快，显得诚意满满：我马上安排寄支票给你，请告知邮寄地址；收到支票后请尽快存入银行，款项到账我即可安排搬家公司上门来提取床垫；支票上的金额包括了给搬家工人支付的劳务费，届时请你代为支付。

我没有可以收邮件的其他合适地址，略作犹疑后还是决定提供家里的真实地址了。代付搬运费的要求令我有些为难，凭直觉我不想与他雇佣的搬家工人有何瓜葛，万一工人临时提出要加钱，没有得到满足时撂挑子怎么办？

我用短信委婉地表示了我的疑惑，对方信誓旦旦地说，他经常和这家搬家公司打交道，搬运费也已经谈好，不用担心，即使有何纠纷，也会由他本人来解决。

那你为何不直接把劳务费的支票寄给搬家公司呢？我问。

对方解释说，这家公司有个规定，要金额超过 3000 美元才接受支票，而搬运床垫肯定到不了这个数，所以只能麻烦我了。

短信来来回回之间，一整天时间过去了，我没有收到其他买家来联系，看来我的那个已用过几年略有塌陷的床垫并不是非常抢手。我有些着急，想在不损害自己利益的前提下帮对方个忙，促成这桩生意，就勉为其难地同意代付搬运费。

又过了一天，买家发来短信：支票已通过邮局加急件寄出，查询单号如下，收到后请尽快至银行承兑，资金到账后即通知我，谢谢。

我在邮局网站上按单号进行了查询，发现确实有信件正在路上传递，也就耐心地等候了。

两天后已是周六，家门口的信箱里果然有一封信，信封上显示的寄信地址在纽约州，A4 纸大小的信封里面只有一张支票，没有其他片言只语。支票是由一家不知名的银行签发的出纳支票，正面有背景颜色，背面有水印，看起来似乎很正规，但金额一栏写着 1750 美元，比我应得的货款多出了 1450 美元。在此之前我虽已有所戒备，但还是抱着尽可能促成交易的希冀，如果说那种心情好比是多云的话，那么此时的内心已变为将信将疑，如同云朵渐渐积聚成厚重的云块，投下了一片阴霾。我尽量保持礼貌地回复对方：支票收到，但金额有点高，花 1750 美元完全可以去店里买个全新的高级床垫了。

对方的回复接踵而至：我还让这家搬家公司协助搬运一些其他物品，所以劳务费较高，请不用担心，钱款到账后请立马告诉我，以便确定上门提货时间。

我心里琢磨：对方的说法是否合理？他与我素昧平生，凭什么把数量可观的钱款放心地交给我？难道他想利用我来洗钱吗？但这个不到2000美元的数额又似乎达不到洗钱的级别。

此时我脑子想的还都是怎么处理对方给我寄来的一大笔钱，而没有考虑有可能是对方要骗我的钱。毕竟，在我的印象中，银行的出纳支票是很可靠的，而且我要等款项到账后才取出余款交给对方指定的工人，似乎没有太大风险。

我把玩着这张支票，不看还好，一看破绽越来越多，我头顶上的天空也越来越乌云密布。经查询，签发支票的这家银行几年前由两家小银行合并而成，业务网点集中在美国南部的几个州，在纽约州并没有网点。支票上银行名称一栏底下没有印上签发银行的地址信息；支票上的路由号码（routing number）是该银行路易斯安那州网点的专用号码。如果支票是由路易斯安那州的银行网点出具的，而且签发日期就是两天前，为什么支票不是直接从路易斯安那寄出来，而是从没有银行网点的纽约州寄出来的呢？如果说与其他物品一起先寄到纽约，拆分后再把支票寄给我，时间上也肯定是来不及的。而且按规定，银行出纳支票上一般应印有签发银行的查询电话号码，而这张支票上并没有这个信息。

我在网上查询到了这家银行的客服电话，打算等周一银行上班后打电话去核实支票真伪，再决定是否存入银行。但此时的另一重要发现如同天空电闪雷鸣之后暴雨倾盆而下，把我淋成落汤鸡一样，让我彻底打消了任何幻想，周一是否打电话核实也不再重要了，因为支票上的银行名称标识还是将合并前两家小银行各自的标识合印在一起，而根据该银行网站提供的信息，它在2018年就设计了新的品牌标识，并逐步更换旧标识，所以不可能五年之后银行的支票上还在使用旧的标识。

通过一番侦查分析，我终于搞清了骗子是如何用银行出纳支票行骗的，因为如果我将支票存入银行账户，按照法律规定，我的开户银行有义务在一至两个工作日内把资金存入我的账户，然后再向出票银行结算，而这一过程需要一周甚至更长的时间。难怪与我联系的骗子多次强调资金到账后立马告诉他，他就是想利用支票清算的时间差，把资金从我手上拿走；一旦我的开户银行查实是假支票，肯定会向我索回这笔钱款，而此时骗子已消失得无影无踪，承担金钱损失的只能是我自己。银行出纳支票特有的信誉好、到账快的优点，此时反而成了诈骗者企图利用的漏洞。再者说，我可能还会因使用假支票而须承担其他后果，比如会被银行列入重点关注名单，以后我有支票入账时可能需要更仔细的核查，资金到账时间也更长。

根据我的遭遇，我陆续在网上找到了更多的信息，发现利用银行出纳支票诈骗其实并非新的招数，很多人上过当，而且经历的过程与我如出一辙，可惜我原来竟然一无所知。幸好我还是保持了基本的警觉，有惊无险地提前识破了对方的骗术。假设我周末在手机应用上贸然将支票拍照解入银行，再告诉对方资金到账，骗子其实对我的床垫并不感兴趣，也不会真的派工人上门取货，到时肯定会以其他借口，要我把钱款的差额以转账等方式还给他，如果我不从，说不定还会以掌握我的手机号码和地址等信息为筹码进行恐吓，迫使我为息事宁人而满足其要求。所以，不能轻易泄露个人资料，也是我从中学到的教训。

正因为有所顾忌，我并没有当面戳穿他的骗局，而是给他发了网上找来的关于此类诈骗案件的一段报道，想让他知难而退。他居然回复说：是呀，这个社会确实有想图他人便宜的坏人，而我真的在外旅行，否则就直接上门来交易了。

我给他发了最后一条信息：请给我一个真实的地址，我把“支票”寄还给你。

他自此如泥牛入海，再无音信。估计他用以发短信的手机号是一个虚拟号码，我能想象他在悻悻地嘟囔：“妈的，浪费我的邮寄费”，然后删掉这个号码，又去申请了一个新的号码。

而我，也申请了一个虚拟号码，替代我挂在闲置物品交易网站上的真实号码。

珠宝首饰二三事

一

最近遇见国内某知名珠宝品牌在纽约开设的分店的负责人，暂且称她为“宝经理”吧，我向她请教了一些珠宝首饰方面的问题，虽然交流时间有限，我还是对中美首饰文化的异同多了一些了解。

我提起自己有一块石英手表，因为如今可以在手机上看时间，所以平时也不常戴，就扔在家里抽屉里。上个月发现手表指针不动了，猜测是手表需要换电池，而且听人说用完的电池留在手表里，时间长了电池里流出液体，会损坏机芯，所以就急着打听哪里可以给手表换电池。我这块表虽然价格不贵，也算是瑞士产的镀金表，一般的手表维修部还没有它的电池备件。查询了该品牌的官网，只有纽约第五大道上有它的授权维修点。我在周末专门抽时间去了纽约城里，发现那是一家散发珠光宝气的连锁首饰店，同时也出售高档手表，而维修服务柜台藏在店堂里侧的角落里。两个小时后我拿回了换好电池的手表，总共支付了30美元的费用，按美国标准来说，其效率和收费都令我满意。

“宝经理”解释说，高档手表尽管有计时的实用功能，但因为装饰了贵金属或宝石，戴在手腕上有了装饰作用，也属于首饰的一种，因而欧美国家的珠宝首饰店一般都同时出售知名品牌的高档手表，不卖普通手表。在我国，可能是考虑手表计时装置的技术专业性，传统上珠宝店不卖手表，高档手表由钟表店售卖和维修，比如上海南京路上有名的亨得利和亨达利钟表店。“宝经理”认为，随着电子计时设备的普及，普通手表的市场越来越小，名表的装饰作用将会更为突出，尤其适合作为男士的身份象征，不排除以后在国内也通过珠宝店的渠道销售名表。

“宝经理”在纽约的珠宝店延续了在国内的经营风格，主打中国传统风格的黄金饰品，目标客户主要是当地的华人、华侨。我问道，为什么中国人喜欢24K足金制成的首饰，而美国当地首饰店售卖的黄金饰品往往都是14K或18K的，很少用足金？她认为，中国人习惯“穿金戴银”，首饰材料中黄金和白银占了主导地位，而黄金白银又曾作为货币流通，因而人们购置金银饰品时还有保存财富的目的，一旦家庭遭遇经济困难时可以出售饰品帮助度日，纯度更高的贵金属自然更容易达到这个目的。此外，如果人们厌烦了首饰的款式，也容易将纯金或纯银的首饰回炉熔化，重新加工成其他款式的首饰。西方人则认为足金硬度不够，制成的饰品容易弯曲或变形，也不太适合用来做镶嵌之用。此外，有些西方人因为肤色、宗教等原因不喜欢黄金饰物，也有人认为足金的颜色太过艳俗，有故意炫富之嫌。总的来说，如今年轻人更注重首饰的个性化和时尚性，价值高低和保值与否并非他们考虑的首要因素。

首饰材料种类繁多，除了金银之外，还有铂金、钯金、宝石、珍珠等，都具备一定的保值潜力。单从变现能力来看，黄金白银无疑还是最好的，价格相对透明，容易检测，回收渠道也较为通畅。

“宝经理”说，我国的珠宝首饰店也叫作“金店”“银楼”，可以出售金条（俗称“大黄鱼”“小黄鱼”）、金元宝等黄金制品供人们收藏，起到投资保值的作用。美国人在 1975 年之前必须持有许可证才能合法拥有金条，这一规定在 1975 年被取消，之后居民可以自由地购买和持有实物黄金，数量不限，但出售黄金后须在年度报税时向联邦税务局申报，买卖获利部分要照章纳税。

开市客超市出售的龙年纪念金条

美国的首饰店不出售金条、金币等物品，一般从专业的贵金属销售公司才能买到实物黄金。自 2023 年 9

月起，开市客连锁超市（Costco）推出了重量一盎司的瑞士金条，刚上市即被抢购一空，体现了高通胀环境下美国人对黄金保值功能的认可。2024 年春节前夕，开市客还推出中国龙年主题系列金条，受到美国华人的热烈追捧。

二

两个月前的一天，我从信箱里拿到一张广告纸，告知位于小镇主大街上、离我家不到两公里的克里斯首饰店要关门停业，正举办清仓甩卖，为回馈社区邻居，凭本广告可以享受最高达 80% 的折扣。我本来对珠宝首饰没有多大兴趣，但受到高额折扣的吸引，在第二天下班后还真去了那家首饰店逛逛。

首饰店店面不大，店堂里已经有三四个顾客在挑选首饰，两位店员在热情地做着介绍。年长的店员叫劳拉，她已经在这家店工作了二十多年，最近老板克里斯去世，他的后人无意继续经营，因此打算把存货处理完以后关门大吉，而且已经和房东说好本月最后一天交还店面房。

柜台里和货架上将近一半的地方已经清空了。前面两个顾客买了好几种首饰，付钱后高兴地走了，似乎对首饰的“白菜价”很是满意。这种情形也让我产生了一种急迫感，担心自己会错过好机会。再看柜台里一枚原价为四千多美元的钻戒现在的标价是两千美元不到，店员说在此基础上还可以再打八折。我赶紧把店里剩下的商品拍照发给在国内的太太，问她有什么喜欢的。国内的时间才是早上七点不到，她显然刚醒过来，迷迷糊糊地说没有什么特别需要的，让我自己看着办吧。我也把照片发给了在西岸工作的儿子，他和女友交往一段时间了，是否趁这里的钻戒便宜，赶紧把订婚戒指准备好？儿子也没表现出特别的热情，嘟囔说他什么时候买戒指、买什么样的戒指，是需要和女朋友商量着一起决定的，目前还不是时候。

家人的“冷漠”，让我有些泄气，但我还是不甘心放弃这个机会，就凭着自己的喜好挑了两件首饰：一件是海水珍珠项链，英语叫作 akoya pearls，其中的 akoya 来自日语，汉字写作“阿古屋”，项链长度 17 英寸（约 43 厘米），珍珠的直径为 6.5 毫米，准备送给太太；另一件是胸坠，中间是两克拉的椭圆形黑玛瑙，用 14K 金镶边，镶框上点缀总重 0.36 克拉的碎钻，作为给未来儿媳的见面礼。这两件首饰加上销售税，花了不到九百美元。

这次遇见从事珠宝行业的“宝经理”，我也向她讲述了自己在首饰店清仓时淘便宜货的经历。她觉得我选的东西都不错，价格也应该接近店里的进货价了，看来这家店的主人还是很诚信的。我说太太嫌珍珠小了点，她安慰说，大的海水珍珠直径可以到 9 毫米，但数量并不多，价格也很昂贵，6.5 毫米的也不算太小了，而且媒体最近正好在报道日本向海里排放福岛核污染水的事，以后可能也会影响海水珍珠的生产，现有的海水珍珠就会显得很珍贵啦。经她这么一说，我倒有点难为情，好像自己赚了首饰店的便宜似的。

“宝经理”说：“以后碰到有这样的珠宝店关门甩卖，也通知我一声哦，我也想淘几样首饰呢。”

因为“宝经理”的这番话，回家路上我特意关注了克里斯首饰店所在的店面，发现它还开着门，但招牌已换成了“奥斯汀首饰店”。我泊好车，进了店里，看见那位年长的店员劳拉还在这里工作。她也认出了我，向我解释克里斯的店确实歇业了，他以前的徒弟奥斯汀回来继承师傅的衣钵，向房东续租了店面，继续经营首饰，也让她保住了工作。她还向店堂内间指了指，意思是奥斯汀正在里面忙碌。

如此看来，新泽西小镇上的首饰店还能够维持经营，比不少难以为继的首饰店幸运多了。据报道，受到大型连锁首饰店和电子商务的双重夹击，美国独立经营的零售首饰店竞争乏力，再加上婴儿潮时代出生的首饰业经营者逐步达到退休年龄，其后代接班的兴趣寥寥，仅在2016年第三季度全国共有创纪录的400家首饰店歇业，其中75%为零售店。2023年5月，位于阿肯色州史密斯堡市的百年老店牛顿首饰店也宣布停业，有老顾客在其脸书账号上不舍地说：“四十五年之前的夏天，我从你们店里订购了婚戒，至今还保留着收据和精美的首饰盒，贵店一直在我的家庭中占有一席之地。”

三

说起婚戒，我以前一直不清楚有订婚戒指和结婚戒指的区别。克里斯首饰店的劳拉是这样跟我解释的：传统上订婚戒指为单枚，是由男方购买、在求婚时使用的，如果女方接受戒指，就意味着她同意了婚约；而结婚戒指往往是配套的对戒，在婚礼上由新郎新娘各自给对方戴上，这一环节称为“交换戒指”。订婚戒指一般使用钻戒，戒指戴在手指背上的部分镶嵌有大颗的钻石，称为“中心石”。钻石的重量以克拉为单位来衡量，一克拉等于 0.2 克，克拉数越大，说明钻石越重、价格也越贵。也可以用其他宝石作为订婚戒指的中心石，但钻石因其无与伦比的硬度，最适合作为永恒爱情的象征。

我问劳拉：“假如女方同意订婚，但后来发生了变故，也许是男方的原因，也许是女方的原因，或者因为客观因素，他们无法成婚，订婚戒指是否要退回去？”

劳拉答道：“订婚戒指应看作是一个赠礼，所以无论是哪方的过错造成分手，一般来说戒指是不退的，当然如果女方主动要退回，也是可以的。比如，影星本·阿弗莱克给女友詹妮弗·洛佩兹送的 6 克拉粉红钻戒价值 120 万美元，2004 年两人宣告分手，洛佩兹退还了戒指，阿弗莱克将戒指返售给了哈利·温斯顿首饰店。金·卡戴珊 2011 年与篮球明星克里斯·亨弗里斯分手时，也退还了价值 200 多万美元的 16.2 克拉钻戒。”

“如果女方留下了订婚戒指，以后会不会睹物思人，勾起伤心的回忆？或者，她今后还要嫁人，让老公看到前任送的戒指，也不太好吧？”我喜欢刨根问底。

劳拉对明星们的私事如数家珍：“她也可以卖掉戒指变现呀，谁会跟钱过不去？理查德·伯顿给伊丽莎白·泰勒送了价值 110 万美元的卡迪亚钻戒，这两人曾两次结婚，第二度离婚后，泰勒一狠心把钻戒拍卖，变现 500 万美元。皇冠赌场酒店的老板詹姆斯·帕克尔给歌星玛丽亚·凯莉赠送了价值 1000 万美元的订婚钻戒，两人 2016 年分手，凯莉将钻戒以 210 万的低价卖给了洛杉矶的一家珠宝店。”

结婚戒指在英文中叫作 wedding rings，又名 wedding bands。Band 有“圆箍”的意思，比意为“圆圈”的 ring 显然要宽一些。所以，结婚戒指一般采用比较简洁的圆箍形状，圆箍表面可以点缀一些碎钻，不需像订婚戒指那么昂贵。妇女结婚后拥有一枚订婚戒指和一枚结婚戒指，两者合起来称为“新娘套戒”（bridal set）。

西方目前流行的做法是两枚戒指都戴在左手无名指上，表示“贴近心脏”，因为心脏位于人体胸部中央偏左；一般是订婚戒指在里，结婚戒指在外。有人怕戒指滑动会造成侧边互相摩擦产生刮痕，影响戒指的美观和价值，因此把两枚戒指送到首饰店去用焊锡焊成一体，但要注意戒指所用的材料须是一样的才容易焊接，铂金对铂金，白金对白金，如果是铂金对白金，因两种金属熔点等物理性能不同，效果并不理想。当然，一旦把两个戒指焊在一起，再要拆分开来就比较麻烦。

我问劳拉："是否可以将订婚戒指同时作为结婚戒指呢？这样就可以节省一个戒指的钱了。"

劳拉笑道："当然，男方在求婚前可以选择购买一对设计风格相配的戒指，拿出其中一枚向女方求婚，在婚礼上再拿这戒指来交换，这种情况也时有所见。再说，订婚也并非必需的程序，男女两情相悦就直奔婚姻殿堂的也大有人在。但是，也要考虑一种可能性，假如男方送出了订婚戒指，最终两人却没能结为连理，送出的戒指要不回来，男方手里的戒指落了单，想再找同样款式的戒指配对可不容易……"

茱莉亚·罗伯茨的美式麻将

麻将是中国传统文化的代表元素之一，在不少华人题材的好莱坞电影中都有表现，如 1993 年王颖导演的《喜福会》，2018 年朱浩伟导演的《摘金奇缘》等。

在《喜福会》中，四位华裔妇女一边打麻将一边有这样一段对话：

安梅（对吴宿愿的女儿菁华）：你的牌艺有你妈好吗？

菁华：我只玩过一次，还是在大学里与犹太同学玩的。

林多：哼，犹太麻将？不是一回事，完全不一样。中国麻将讲究技巧，你得盯着每个玩家扔出的牌，全部默记在心里；如果大家乱打一气，那就与犹太麻将没啥两样了，毫无技巧可言。

莹映：你是美国姑娘，对你们来说，中国、犹太，有什么区别呢？

众人：哈哈……

中国麻将的玩法也并不是完全统一的。北方麻将每副有

136张牌，南方麻将则增加了8个花牌，共144张。在中国不同地区麻将的游戏规则都稍有不同，有所谓广东麻将、四川麻将、上海麻将等区别，历史上它们的规则也没有文字记录，主要靠口口相传。来自不同地方的人聚在一起玩牌时，须事先商定采用哪里的玩法。

麻将于20世纪初期漂洋过海，在英、美等地发展，到20世纪30年代蔚为风潮。在加利福尼亚炎热的夏季，妇女们干脆在游泳池里打麻将，麻将桌面浮在水面上。多乐茜·梅尔森等犹太妇女对中国的麻将牌和游戏规则略做了改造和简化，以方便不懂中文的当地人，并于1937年在纽约集会，成立了全美麻将联盟。这种改造过的麻将打法首先在纽约地区的犹太妇女群体中推广开来，因而被称为“犹太麻将”，并在它的基础上发展成为今天的“美式麻将”。

好莱坞影星茱莉亚·罗伯茨在一次深夜访谈电视节目中透露，为放松心情，她每个星期与闺蜜们打一次麻将牌。主持人史蒂文·考尔波特说，他奶奶有一副以竹子和象牙为材料的麻将牌，是一百多年的老古董了；他自己对如何打麻将则一窍不通，他请茱莉亚用简单的语言来解释麻将到底怎么玩。茱莉亚说了很有哲理的一段话：“麻将的宗旨就是用随意抽取到的麻将牌，从混乱中创造出秩序来。”说完她自己也得意地笑了，问道：“很深奥，不是吗？”

在得到观众的掌声和主持人的肯定后，她又补充道：“麻将与人生是一样的。我们每天随意地做一些但愿是有智慧和善意的举动，以便从混乱如麻的生活中梳理出某种秩序来。”

主持人问：“你是否也向其他人传授麻将技巧呢？”

茱莉亚肯定地回答：“是的，我的好朋友伊丽莎白教会了我，我也教其他人，现在我们共有八个牌友了，每周二聚在一起玩。”

她说的伊丽莎白估计就是好莱坞著名的明星御用造型师伊丽莎白·斯图尔特，某媒体在2014年发表的一篇采访报道中配发过她与一对同性恋设计师打麻将的照片。

在另一个场合，茱莉亚也曾说过，她得到过活跃在洛杉矶地区的麻将牌收藏家兼麻将教师乔妮·勒温的传授。

茱莉亚说她们共有八个“牌搭子”，如果同时聚在一起“垒四方城”，那应该是开了两桌，好不热闹。

主持人继续问：“你们有输赢吗？来钱吗？”

她答道：“不，我们不赌博。也有人说，打麻将不赌钱，没劲。他们说得不对，麻将是友好的游戏。我们一起吃东西、聊天、玩游戏，这是很开心的事。”

主持人略带诱导性地说：“你们会不会一边打牌一边喝点东西，比如鸡尾酒之类的？”

“鸡尾酒？”茱莉亚警觉地说，“麻将不是在酒吧里玩的那种拼酒游戏！”

主持人争辩说：“只要有酒喝，任何游戏都可以是拼酒的游戏。”

茱莉亚哈哈大笑起来。与其他电影明星一样，茱莉亚偶尔也有被媒体拍到酗酒的负面新闻，难怪她会下意识地强调自己打麻将时不喝酒。

茱莉亚曾在自己的社交媒体账号上发表过她与侄女艾玛·罗伯茨打麻将的照片，并配有文字说明：“她赢了。”同为电影演员的艾玛则在评论区“冒泡”说：“嘿嘿。”

从茱莉亚配发的照片来看，她们打的是“美式麻将”。与中国麻将相比，美式麻将的主要区别一是在麻将牌上加注了阿拉伯数字、英文字母或单词，便于识读；二是采用全美麻将联盟每年更新印发的标准和牌牌型卡，卡上列出了哪种牌牌型可以和牌，分值各是多少；三是在中国南方麻将144张的基础上增加了8张“百搭牌”（英语叫作joker，与扑克牌中的大小王一样），一副牌共有152张；四是保留了“碰”“杠”等打法，但没有拼成三联张顺子的“吃”。

此外，美式麻将还有一个明显的特征，就是玩家每人使用一个木制的麻将架。麻将架有三个作用，一是给竖立的麻将牌提供支撑，防止它们没站稳倒下去；二是在架子自带的平面上或凹槽里展示明牌，避免与桌上的其他牌混淆；三是一方垒好牌墙后，可以用架子的背面将整条牌墙向前推动，便于其他三人伸手取牌，也有的麻将架上另带活动式推牌杆，这样比用双手往前推牌来得更加整齐和稳定。

茱莉亚喜欢打麻将的名声不胫而走，某中文电视台为了验证她是否真懂麻将，对她进行了专访，当场举出几张麻将牌让她辨认。主持人先拿出一张“发财”，茱莉亚按美式麻将习惯名称答以“Green Dragon”；一张“红中”，答以“Red Dragon”；一张“白板”，答以“White Dragon”，并说也叫“Soap（肥皂）”。主持人略带惊讶地说：“都叫 Dragon 呵，绿龙、红龙、白龙！”茱莉亚自信地回答：“是的。”

也有美式麻将真的将这三元牌画成绿色、红色和白色的龙的图案。

主持人又问：“如果看到三张同样牌的组合，玩家应该叫什么？”

茱莉亚毫不含糊地说：“三张是‘碰’（peng），四张叫‘杠’（kong）。”

看到主持人提问有点词不达意，茱莉亚反客为主，质疑对方自己会不会玩麻将，并告诉对方麻将牌主要有“条”（bamboos 或 bams）、“筒”（dots）、“万”（characters 或 craks）三种。

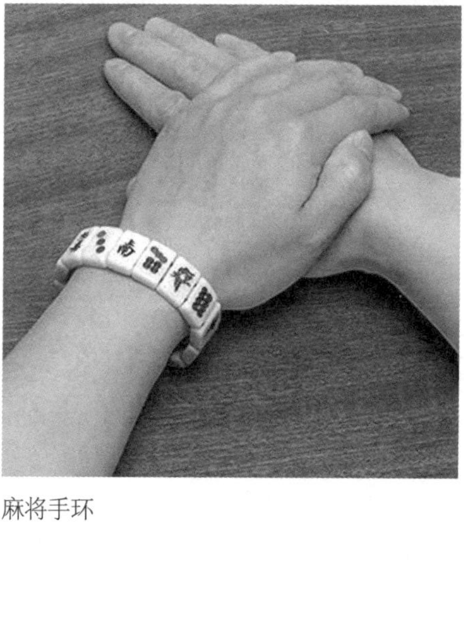

麻将手环

主持人为了掩饰尴尬，举起右手显示手腕上戴的麻将图形手环，与茱莉亚在 2001 年影片《美国甜心》中戴的是同款。茱莉亚笑了，说：“现在想想，把漂亮的麻将牌做成首饰，真是可怕。”

主持人没有饶过她：“你是始作俑者！”

茱莉亚不仅戴麻将手环，还在2014年开始担任纪梵希的品牌代言人后，推动纪梵希加入路易威登等奢华品牌的行列，设计生产了自己品牌的限量版麻将牌。

除了茱莉亚，饰演美国影片《欲望都市》女主角的演员萨拉·杰西卡·帕克尔也是一名麻将爱好者。她在接受采访时特别强调：“人人都应学会打麻将！”她还开玩笑说，人分为两类，一类是玩麻将的，另一类是不玩麻将的，玩麻将的欢迎不玩麻将的随时加入她们的队伍。她说，麻将的独特之处是让人即使输了也不会感到懊恼，因为每玩一次都能学习到新的东西。

茱莉亚觉得麻将游戏能让她放松精神、平复情绪，萨拉则认为麻将会让人看淡输赢，获得新知，两人也算是各有心得，所见略同了。

据统计，美国大约有四五十万麻将爱好者，其中绝大部分为女性，男性仅占不到5%。演员兼剧作家理查德·阿特金斯创作过一部名为《麻将男人》的独幕话剧，讲述四位老大爷对麻将游戏从排斥到接受的故事。该剧还曾在美国各地巡演，剧中有句经典台词：“麻将是中国男人发明、被犹太女人偷来的。”

剧作家阿特金斯本人在巴尔的摩犹太贫民区长大，自小看着母亲与女伴们玩麻将，他虽耳濡目染，但还是固执地认为打篮球、玩美式足球才是男人的本分。他在 53 岁知天命的年纪创作这部话剧，或许也是想弥补年轻时没能陪母亲打麻将的愧疚吧。

从周立波案看纽约州的枪支管理

上海有名的“海派清口”演员周立波 2017 年曾在美国惹上官司，因为案子涉及枪支和毒品，而这两件物品在中国是被严格禁止、不能沾身的，所以此事当时在国内也有相当多的报道，周立波原来不错的口碑和人设也似乎因这桩案子而崩塌了。虽然已经过去六七年时间，为了从这个案例中学习到美国枪支管理的知识，我根据当时国内外媒体的报道，尽可能客观地理出了事情的来龙去脉。

2017 年 1 月 19 日凌晨，周立波开着一辆奔驰车在美国纽约州长岛的拉廷顿镇公路上行驶，一边开车一边用手机打电话，因而车子开得歪歪扭扭（有的中文报道描述为“蛇形”）。据说是公路旁的居民看到这辆车行驶不正常，打电话报了警。警察赶到后，将他的车拦截了下来。按正常程序，警察此时会要求司机出示驾驶证、车辆登记证和保险卡等资料进行核对检查。在此过程中，警察看到后车座上放着一个肩枪套，他们遂要求对车辆进行搜查。周立波英文听说能力不好，据说是坐在副驾驶座上的一位唐姓朋友给他当翻译，他点了头，被认为是对警察搜查的要求表示同意。警察随即在车上搜出了枪套，并在一个背包里找到装有子弹并上了膛的手枪和装在透明塑料袋里的毒品，但报道中没有说明背包所存放的位置。车上的两人当场被警方实施逮捕，第二天缴付保释金后才被释放。

有关报道中提及，周立波曾对记者声称车里的枪支是合法的，但没有说明枪支来源以及是否他自己合法持有。他还陈述说手枪是放在车后行李箱的，而不是后车座上。后来，周立波聘请的律师在法庭上改口说，周立波当时确实是在开车，但不清楚车上藏有手枪和毒品。

据报道，检方指控周立波犯有二级非法持有武器、非法持有枪械、四级非法持有武器、七级非法持有管制药物及违反交通法规等罪名，其中前两项为重罪，若罪名成立将面临三年半到十五年监禁。那位唐姓乘客没有受到起诉。

法院于2018年6月4日针对此案再次开庭。法官最终宣布，由于警方当时没有获得对周立波车辆的搜查令，也没有证据表明得到周立波本人的明确同意，因而对搜查获得的枪支、毒品等证物不予采信，撤销周立波的非法持枪、持毒等四项罪名，仅保留对开车时使用手机的指控。被告也对违反行车规则表示认错，缴纳了罚金及其他相关费用共计238美元。

既然非法持枪等四项罪名被撤诉，尽管理由是警方取证程序不合法，我们仍应据此推定周立波无罪。但当时警方确实在车上找到了枪支，我们暂且忽略其取证方式是否合法，来看看检方指控的关于枪支的三个罪名意味着什么。

美国一般将刑事犯罪分为重罪（felony）和轻罪（misdemeanor）两类，可以获刑一年以上监禁的罪行即为重罪。纽约州将重罪又分为A、B、C、D、E五档，其中A档重罪（比如一级谋杀罪和一级纵火罪）最高可判终身监禁，如有严判情节还可以直至判处死刑。二级非法持有武器罪属于C档重罪，最高可判十五年监禁。

被告人要被认定犯有二级非法持有武器的罪名，须同时满足四个条件：一是被告当时确实持有枪械；二是被告知晓自己持有枪械；三是枪械装有子弹并上膛，可随时射击；四是被告持有该枪械并有针对别人非法使用的意图。如按新闻报道所说，周立波当时向记者表示车里的枪支是合法的，那可能意味着他知晓车上存有枪支的事实，难怪后来要改口，他的辩护律师在法庭上坚称周本人并不清楚枪支是怎么放在车上的，周立波甚至还指控有人故意给他栽赃。

检方给周立波案列出的第二项罪名"非法持有枪械"也是重罪，但属于E档，最高判刑不超过四年监禁。

第三项罪名为"四级非法持有武器"，这里说的"武器"是除枪械之外可以致人伤亡的器具，如电子飞镖枪、电休克枪、弹簧折刀等。它属于轻罪，判刑在一年以下监禁或处以1000美元以内的罚金。

可见上述三个罪名的严重程度是逐次降低的，检察官的初衷应该也不是指望三个罪名都成立，而是万一前面严重的罪名不受支持，还可以用后面较轻的罪名兜底。这也可以看出纽约州政府对非法持有枪械武器行为的打击相对来说是较严格的。

对私人枪支的管理措施，主要体现在持有和携带两个方面，也就是如何合法地获得（购买）和如何合法地携带（运移）。依据联邦法规，符合相关条件的美国公民和有永久居留权的人士（俗称“绿卡持有人”）有权购买和拥有枪械，其他外国人（包括持有非移民签证在美国合法居留的外国人）不能在美国购买和持有枪支，除非是向持照人购买，并由持照人安排直接将枪支运出美国。从有关报道来看，案发当时周立波应该不是美国公民，我们不清楚他是否拥有美国绿卡，如果没有，那么他就不是在美国持枪的合法主体。周立波曾对记者说枪是合法的，如果这种说法真实，那么一种可能是，枪是他的，是通过合法途径购买和拥有的，也就意味着他拥有美国绿卡；还有另一种可能，枪不是他的，显然也不是他车上的唐姓朋友的，而是属于当时不在车上的第三人的，这个人的身份应该是美国公民或绿卡持有者，而且是通过合法途径购买和拥有手枪的。

上文说过，持枪的合法主体是符合相关条件的美国公民和绿卡持有人，那么，要符合哪些相关条件呢？按纽约州的规定，一般说来，应至少符合六方面的条件：年龄应达到 21 周岁，非因违反军纪而退伍的士兵可不受年龄限制；道德操守良好，在纽约及其他州未被判定过重罪或其他严重罪行；未在其他州被起诉或判定犯罪并逃逸；非因违反军纪而解除军职的退伍士兵；未被判定过轻罪或家暴行为；已申报是否罹患过精神疾病或目前是否对毒品上瘾。

从以上条件可以看出，有过精神病史或吸毒史的人，只要在申请表格上如实申报并确认当前已痊愈或已戒毒，且未发现他有不符合其他条件的情形，是可以合法持枪的。在这方面，纽约州的规定与联邦法律是一致的。2024 年 6 月，美国总统拜登的儿子亨特·拜登被联邦地方法院陪审团裁定被控的三项重罪罪行成立，其中两项罪名是在购枪申请表上谎称自己没有吸过毒，第三项罪名是在吸毒期间非法持枪。

在纽约州，持枪证（也叫“持枪执照”）一般经当地执法机构完成背景调查后，由县法院的法官签发。在大部分郡县，对持枪人来说，持枪证一经签发终身有效，除非因故被吊销。有的郡县设立专门的发证官员，或由县警长负责签发持枪证；有的会要求申请人完成持枪安全培训课程的学习作为申请持枪证的前置程序；也有的郡县要求持枪证每过五年须重新申请。

随身携带枪支有所谓“公开持枪”和“隐藏持枪”之分。从正当防卫者的角度来说，公开持枪的好处是容易被人看见，可以吓阻潜在的攻击威胁，但也容易使持枪人成为攻击目标，因为犯罪分子会考虑优先解除他的武器。隐藏持枪的好处是不易惊扰周边的群众，也会麻痹犯罪分子，一旦掏出枪来也有出其不意的效果，缺点是可能掏枪时间稍长，稍有不慎也容易被罪犯及时发觉。由“隐藏持枪”还延伸出了“告知义务”的概念，即持枪人在接近执法人员时须主动告知对方自己持枪的事实，防止因误会而擦枪走火。

美国各州颁发的持枪证一般是默认“隐藏持枪”。有些州（如得克萨斯）允许持枪者无须额外申请执照即可公开携带，有些州（如新泽西）则要求申请专门执照才能公开携带枪支。纽约、加利福尼亚、佛罗里达和伊利诺伊四个州，以及首都华盛顿特区，在任何情况下都禁止公开携带枪支。

美国著名惊悚推理小说作家詹姆斯·帕特森与人合著的迈克·班内特系列小说之一《鬼屋》中这样写道：“我将车开进停车场，看见她（桑迪）站在通往小小的市政厅的五级台阶的顶部，身前围着十来个人。我惊讶地看到这些人中，有几个男人端着步枪，其他几位胯部的枪套中都别着手枪。我这才想起这里不是我习惯的纽约市了。缅因州是允许公开携带枪支的，这些人的做法并没有违法。”第一人称的主人公为纽约市警察局的警探迈克·班内特，他带了家人在缅因州的湖边别墅度假，被临时请来协助当地警察桑迪阻止一群怒气冲冲的居民冲入市政厅示威。由此可见缅因州与纽约州枪支管理规定的区别。

一般来说，纽约州的持枪人获得某个郡县颁发持枪证后，在该州任何地点都可以合法持枪，但纽约市是个例外。持枪人的持枪证如果是其他郡县颁发的，如要在纽约市的地界里持枪，还需要向纽约市警察局长办公室申请对其持枪证进行特别认证。所以，如未经纽约市警察机构许可在纽约市范围内持枪，尽管拥有州内其他地方的持枪执照，也会被认定是犯罪行为。

有人或许会问，假如我驾驶藏有枪支的车辆，只是途经纽约市所属的区域，是否也必须获得纽约市警察局同意呢？纽约市的规定是，如果你只是连续穿越纽约市区，不做任何停顿，则可省去申请认证的步骤。

合法持有的枪支（一般限于手枪，不适用长枪）依法可以放在车辆内从纽约州内甲地运移至乙地，但前提是枪里没装子弹，而且枪与弹药最好都安全存放在上了锁的容器里，容器须能防火、防撞、防撬，再把容器存放在车上司机和乘客都无法伸手就能接触到的隐蔽空间里（如车后行李箱内），绝对不能大咧咧地放在车外人都能看得到的后车座上。在周立波的案例中，枪套放在后车座上，虽然当时枪套中可能没有装枪，但可以合理怀疑是这个枪套引发了警察的怀疑并进而对车子进行搜查。

据媒体报道，周立波曾申辩说，放有手枪的背包是存放在车后行李箱内的。行李箱正常情况下可以认为是上了锁的，外人很难打开；但枪里上了子弹，拿来就随时可以射击，危险性极高，所以无论放在车上什么位置，都是非法的。

网传周立波曾在新泽西拥有住宅，而此案发生时周立波到长岛拜会朋友。假设他是驾驶那辆奔驰车从新泽西开往长岛的，而那支手枪当时已经在车上，并且假设枪里没装子弹，那么这种行为是否合法呢？新泽西和纽约都只认自己颁发的持枪证，两个州之间没有互认持枪证的安排。因此，假设车子上的枪支的确属于周立波本人，而周立波持有的是新泽西的持枪证，他仍然是不能在纽约州合法持枪的。周立波开始时对记者说枪是合法的，后来又否认知晓车上有枪，或许也有这个原因。

假设车上的手枪属于第三人，而他本人不在车上，这样人枪分离是不是违法呢？一般来说，只要枪是合法持有的，而且符合没装子弹，放入上了锁的防火、防撞、防撬的容器里，容器存放在安全隐蔽且外人看不见的空间里这三个条件，不管车上有没有人，都不算违法。当然，如果枪在车上过夜，会加大车子被撬，导致枪支失窃的风险，还是应设法避免的。

美国宪法第二修正案规定："纪律良好的民兵队伍，对于一个自由国家的安全实属必要；人民持有和携带武器的权利，不得予以侵犯。"正是因为这条规定的存在，尽管深受枪支暴力犯罪之害，美国很多控枪禁枪的努力无法

纽约时报广场"无枪区"标志

推进下去。纽约州原来对居民在住宅之外的公共场所携带枪支有严格的限制，但这些规定在 2022 年被美国最高法院否决。

纽约州拗不过最高法院，只得退而求其次，将学校、某些宗教场所、政府大楼、法庭、市政厅等场所设定为“无枪区”，规定在这些“无枪区”持枪是非法的，希望以此来减少枪支暴力犯罪。纽约市著名的时报广场也是“无枪区”之一，市政府在广场街头张贴了提醒标志，如违规持枪会被判定为 E 档重罪。地铁被定为“敏感区域”，比照“无枪区”进行管理。

枪支泛滥、枪支犯罪频发，这向来是美国社会的一大顽疾，也是在美生活的中国人需要高度警惕的，其中第一步就是要学习了解和严格遵守各地的枪支管理法规。周立波在案发后对媒体所作的一些表述，有前后矛盾的地方，表明他当时对相关法律规定的认知也并不全面。当然，需要特别说明的是，以上仅是我作为非法律专业人员依据周立波案新闻报道披露的信息所作的一点分析，实乃管中窥豹，而且有关规定在随时修订，执法尺度也有宽严之分，我的上述讨论或不足为凭，仅供参考。

国内有看不惯周立波做派的人士，认为他是利用美国法律的漏洞，侥幸逃脱了应得的惩罚。但回想起来，周立波在这个官司上还是付出了代价的，单是他付给辩护律师的律师费，应该远远高于 238 美元，更不用说他个人名誉等方面的损失了。

松鼠的故事

美国2002年上映的动画影片《冰河世纪》(*Ice Age*，也译为《冰川时代》或《冰原历险记》)及以后的系列续集中，活跃着一只名为“斯克莱特”的剑齿松鼠，它除了简单的语气词之外，几乎没有什么台词，它的动作只是不断地追逐和藏匿一颗橡果，但这个角色却受到了观众的喜爱。它也从第一季默默无闻的配角开始，在续集中的戏份逐步增加，风头逐步盖过猛犸象曼尼、树懒希德等主角，甚至成为导致冰河时代天崩地裂、大陆漂移的“罪魁祸首”。

斯克莱特和橡果

斯克莱特之所以大受追捧，除了它对待橡果的执着态度令人忍俊不禁之外，恐怕也是因为与猛犸象、锯齿虎等早已灭绝了的冰川时代动物相比，松鼠是很多美国人日常生活中随处可见的小动物，电影观众更容易从斯克莱特联想到他们亲眼见到的松鼠，从而产生感情上的共鸣。

一般认为，松鼠是野性极强的动物，很难驯化，所以不大适合作为宠物加以饲养。但也有例外，有人在露天发现了被母亲遗弃的婴儿松鼠（也可能其母亲因某种原因已经死去），动了恻隐之心将幼鼠带回家喂养，待其成长到能够自我照顾时再放入大自然。小松鼠初获自由时欢天喜地地离去，但几天后又回到主人的屋前，依依不舍地来看望故人。

有一位网友发帖讲述了这样一个故事：20 世纪 90 年代，他住在芝加哥郊区一幢公寓楼的五楼，房间带一个阳台。每天早晨他走出公寓楼大门，准备去车库开车上班，都有一只松鼠坐在草地上盯着他看。这样一段时间后，他主动朝松鼠打了个招呼，谁知松鼠立刻向他蹦跳过来，陪着他走了一段路，直至他踏进停车场。从那天起，松鼠一天不落地来护送他去取车，尽管他从未给它喂过食。如此又过了一年多时间，1999 年开年的时候，芝加哥下了足足 22 英寸（约 56 厘米）厚的暴雪，他家阳台满是积雪。他窝在温暖的家里看橄榄球赛转播，这时雪终于停歇了，他起身去冰箱取啤酒，回到客厅时，看到有一只松鼠站在他家阳台的雪堆上。刹那间他意识到，这就是一直护送他的那只松鼠，他很好奇松鼠是怎么知道这个阳台属于他家的。也许夏天他下班回来后在阳台进出，这只松鼠就待在外面的树丫上，认准了他家的阳台。

他清楚松鼠为什么此时会到他家阳台来，下了半米多厚的雪，它肯定找不到自己藏匿存粮的地方了。他拉开阳台移门，松鼠立刻走了进来。毕竟他们算老朋友了，不是吗？他走向厨房，松鼠也跟了进来。他从橱柜拿出三小袋生的坚果，有腰果、杏仁和碧根果，这是他买来做菜或烘焙使用的。他回到客厅沙发上坐下，松鼠“倏”地跳上他大腿，耐心地等候他打开坚果的袋子。他用手指取出一颗腰果和一颗杏仁，松鼠都吃下了，接着他又掏出一颗碧根果，此时松鼠一下兴奋了起来，眼睛也发亮了，仿佛在说：“哇！你哪里搞到了这个！美味啊！”他接着又掏出一颗腰果，松鼠把脑袋朝前伸去，敲打着碧根果的袋子，明确告诉他哪种坚果是它最为钟情的。他简直被这种双向交流惊呆了，如果是自己养的宠物狗或猫并不稀奇，因为它们与你朝夕相处，彼此了解，但松鼠毕竟不是他的宠物啊。

故事读到这里，我必须承认，我与这只松鼠至少有一个共同点：从开市客超市买回来混合坚果后，我也总是捧着瓶子先挑碧根果吃的。网友的故事还在继续：松鼠吃饱后，跳回到阳台移门旁，示意要出门去了，就像猫狗通常会要求主人的那样。到了下一个星期六的早上，他不用去上班，像往常一样在家里的书房打开电脑，检查电子邮件，安排当天的日程。那只松鼠显然很清楚他星期六的生活惯例，爬到了他书房的窗台上，轻轻敲打窗户玻璃，当他抬头看它时，松鼠摇晃着它的“胳臂”，就如同指挥交通的警察一样。

他站起身，经过客厅去厨房拿坚果，松鼠已经等候在阳台移门旁了。它在接受款待后，满足地走了。下一个周六也是如此。到再一下个周六时，地上的积雪已化得七七八八，松鼠可能找到了它的粮食仓库，没有再来“做客蹭饭”。但到了周一，它还是雷打不动地来楼前送他上班。

冬去春来，在一个温煦的周六，他坐在阳台上休憩，松鼠上得楼来，给他送了一块糖果。他接过糖果，放在了小桌上。松鼠把糖果拿起来，又送到他手里。糖果看上去还很新鲜，看得出来是附近超市外面出售的义卖糖果，用来为青年体育运动组织筹款。这一定是松鼠趁邻居购物回来后打开汽车后备箱搬运食品的间隙，跳进去从购物袋里“顺手牵羊”的，并作为礼物来送给他，或许算是对他暴雪天气慷慨款待的感谢，或许是想继续跟他套近乎，希望来年冬天依然得到他的庇护。

网友最后总结说：“你还在猜疑松鼠不通人性吗？放心，住在你家院子的松鼠，还有那些花栗鼠、野兔，它们对你的行止了如指掌，连你家里同住了什么人、有几个宠物，都了解得门清，因为它们必须知道还有哪些动物与自己共享同一片生活空间，才能生存下去。所以，你在院子里偶遇这些小动物时，不要吝惜偶尔打个招呼，在天寒地冻时也给它们留些食物，它们是懂得感恩的，说不定也会给你送上一块

雪地里的松鼠

糖果。”

大雪过后的晴天，我也会到住处附近的公园里散步，此时仅有人行步道上的积雪被公园管理部门铲走，大片大片的草坪仍被白雪覆盖。我偶尔也会想起以前在树枝和草地上跳跃翻飞的松鼠们，此时它们大部分不见了踪影。

据我所知，有的松鼠习惯生活在树上，在枝丫上搭起鼠窝，如同鸟巢一般，这样的松鼠耳朵较长，尾巴又长又粗，尾巴上的毛长得也很茂密，便于在树枝上保持平衡，也会用像长钩的爪子和粗大的尾巴倒吊在树枝上；有的松鼠则习惯生活在地洞里，犹如地鼠或土拨鼠，但身形没有那么肥大，这种松鼠尾巴就细短一些。松鼠爱囤粮，会把爱吃的橡果、松子等食物贮藏在它们认为安全的隐秘之处，以备冬天享用。因为除了在地洞生活的松鼠，其他松鼠都不冬眠，需要冬粮维持生命；但它们记性又极差，常常会忘了自己粮库的方位，再说冬雪让“白茫茫大地真干净”，把它们藏粮的地方覆盖起来，让它们“寻寻觅觅寻不到”。

公园里不时有人在往雪地上撒带壳的花生，显然是在给松鼠们喂食。我当初还有些好奇，询问其中一人，他们是不是由公园管理部门安排的。那人骄傲地答道："当然不是，我怜悯这些可爱的小动物，自己去超市买了松鼠爱吃的花生。"

爱鸟的居民往往会在家门口放上装有鸟食的喂鸟器，松鼠的嘴巴没有鸟喙那么尖细，尽管它们也会毫不客气地占据喂鸟器抢夺鸟儿的福利，但嘴巴够不到细缝里面的食物，只能干着急。有的松鼠学乖了，知道要与鸟儿和平共处才能达到双赢，因此让出了喂鸟器前的位置，在一旁等待鸟儿嘴里掉下残屑，也能略为解馋。也有人专门制作了给松鼠喂食的小房子，挂在屋檐下或树枝上，既鼓励松鼠攀爬活动，又让它们享用大餐时有落脚的平台。

松鼠也会招人讨厌。有一位名叫比尔的美国人担任州立公园和国家森林的营地管理员，居无定所，长年在一辆房车里生活。因为身处野外，他时常感觉被成群的松鼠包围着，而那些小家伙不是咬他车上的隔热材料，就是啃烧烤炉的盖布；不是碰翻液化气罐子，就是在房车踏步和野餐桌上留下一大堆坚果壳。他甚至担心它们还会啮咬车上的电线或下水管。有一天夜里，他从睡梦中醒来，真真切切地听到车顶

松鼠喂食器

上有松鼠用牙齿啮咬的声音。他跳了起来，用力敲打着房车的壁板，并跑到车外对着松鼠咆哮，想要赶走它们。

比尔被松鼠们整得精疲力竭。他在社交媒体上组织了名为“美国松鼠仇恨者”的群组，互相交流对付松鼠的办法。他也承认，“仇恨”一词过于强烈了些，有时看着松鼠灵活的身姿和恶作剧的样子，他也会忍不住“噗嗤”笑出声，所以这是一种又恨又爱、爱恨交加的感情。

松鼠们还会钻入居民住宅的阁楼里，在那里传宗接代，或者在居民院子里挖洞藏粮，把齐整的草坪和花坛糟蹋得乱七八糟。当然，如果我们了解了松鼠面临的生存环境，也会对它们多一分理解和同情。寒冷天气是松鼠必须面对的难关，据说松鼠的平均寿命不到两年，很多松鼠往往无法活过生命的第二个冬天。此外，它们在北美洲还有不少自然界的天敌，如狐狸、郊狼、短尾猫、猫头鹰、老鹰、秃鹫，它们甚至还是短吻鳄的美食。

松鼠们遗忘在地里的坚果可能会成为种子，来年开春发芽长出一棵树来。美国大学的动物学家们也在研究松鼠对自然生态的价值，得出的初步结论是：由于松鼠所吃食物的种类繁多，而松鼠的数量又是成千上万的，它们对植物界的自然分布和生长发挥着不可或缺的“播种器”的作用。

看樱花的“阿米什”女孩

每年3月底、4月初是北半球国家很多人观赏樱花并在社交平台狂晒樱花美照的时节。位于新泽西州纽瓦克的布兰奇布鲁克公园（Branch Brook Park）种有5200多株樱花树，尽管与我国武汉市种植的50万株不在同一个数量级上，也算是全美各城市中樱花树数量最多的，不仅超过纽约市民经常造访的布鲁克林植物园，也多于美国名气最响的赏樱城市首都华盛顿种植的4000多株。

我在新泽西的住处距离布兰奇布鲁克公园不到三英里，赏樱可谓近水楼台。随着新冠疫情基本结束，公园在2023年4月1日至16日期间举办的樱花节吸引了不少当地居民和周边城市的游客。我和公司的几位同事相约在复活节的周末来到公园，既赏花，也看人。尽管春寒尚且料峭，有一位金发的年轻妈妈已经穿上短袖的粉色长裙，站在满树层叠的樱花前，她丈夫举着相机不辞辛劳地从各个角度为她拍摄美照，两个年幼的男孩和一只小狗则在旁边的绿草地上翻滚打闹。另一个家庭也有备而来，自带了铝合金梯子，让幼童站在梯子上，便于拍出他与树上樱花同框的相片。有几位青年男女明显是花钱租用了专业服务，在举着专业器材的摄影师的指挥下摆着各种姿势。在一棵如雨伞般伸展的樱花树下，有个亚裔家庭铺开了塑料布，说着日语的五六个人围坐在塑料布上野餐。

一位同事惊呼一声，指着在沥青步道上走路的一对青年男女说：“看，阿米什人！”曾有住在普林斯顿的朋友送给我

赏樱图

一瓶从名为“宾州荷兰农夫市场”购买的果酒，虽然果酒是新泽西本地的一家公司生产，似乎并非阿米什产品，但朋友告诉我那个市场里有不少穿着阿米什传统服饰的女士担任售货员，每周仅在周四至周六开门三天，所卖的商品也大多是阿米什人手工生产或制作的，售价很实惠。普林斯顿位于新泽西南部，靠近阿米什人口最多的宾夕法尼亚州，因而朋友们对阿米什人并不陌生。但我们在新泽西北部很少看到阿米什人，难免对他们产生一丝神秘感。我赶紧掏出手机，但也仅拍到那对青年的背影了。左边的男士穿着很平常，背着皮质的双肩包，上身穿藏青色的外套，下身穿牛仔风格的休闲

普林斯顿的“宾州荷兰农夫市场”

裤；右边的女孩则戴着阿米什妇女常戴的白色帽子，穿着白底黑点的长裙，上身加了件深色的外套，肩膀上似乎还有浅色的连衫帽。

根据我有限的知识，从两人的穿着打扮来看，这位女孩严格说来应该并非阿米什人，而更可能来自门诺会教派。简单来说，门诺会教派是从主流的基督教（天主教或新教）中分出来的，阿米什教派又是从门诺会分出来的门派。两者出自同门，都属于信奉极简生活的所谓“朴素人”（Plain people），在家里都说宾州德语，所以局外人不大容易把他们区分开来。

阿米什人内部也有差异，分为比较认同门诺会教义的阿米什门诺会和严格遵守阿米什传统教规的老派阿米什等派别。总体上老派阿米什的戒律比门诺会更加严格。阿米什妇女往往穿着低调、同色的衣裙，如黑色、灰色、深绿色等，不点缀图案或花纹；而门诺会妇女尽管也穿自己手工缝制的朴素衣裙，但颜色、图案比较自由。

从我们眼前走过的这位赏樱女孩戴着白色的帽饰，证明她已成年并且很可能已婚，因为学龄女童和单身女孩一般都戴着黑帽；她身旁的男人没有戴宽边礼帽、下巴底下也没留着作为已婚象征的长胡须，他显然属于阿米什人所说的“英国人”（他们把阿米什以外的所有人都称为“英国人”）。阿米什人严格禁止与外人通婚，否则会被家族和教会“闪避”，类似在中国被逐出族谱一样。遭到“闪避”的阿米什人离家

看樱花的青年男女

融入普通社会，一般不再保留阿米什的服饰和外表特征了。相比之下，门诺会中的某些教派可以接受族人与外人恋爱或通婚，这也是我猜想那位女孩属于门诺会的另一个原因。

眼前正从樱花树旁款款走过的这对青年男女之间，曾发生过什么样的爱情故事？他们的身影让我联想起了最近阅读过的中篇小说《樱花香——来自阿米什之乡的浪漫故事》（简称《樱花香》），作者是专门描写阿米什人生活的美国女作家辛迪·伍德斯莫尔。《樱花香》讲述了门诺会女孩安妮与阿米什男孩亚登克服宗教差异追求爱情的故事。

家住纽约的安妮因与母亲发生口角，被迫回到宾州外公家里暂住。在这个叫作苹果岭的社区，老派门诺会居民与老派阿米什家庭相邻而居，尽管教义信仰和生活方式不同，但也相互和睦、秋毫无犯。阿米什人传统上以农牧业为生，但随着土地越来越贵，承担不起土地税的阿米什家庭只能放弃农田，就地从事手工业和小型商业。亚登家从祖父开始在镇上开办餐厅，按照教规阿米什人家里和工作场所为了切断与外界的连接，不能让社会电网的电线进屋，但政府规定餐厅必须通电才给颁发执照，无奈之下亚登祖父想了个变通方法，邀请安妮的外公摩西作为合伙人，以摩西的名义去申请用电，因为门诺会是允许其成员用电的。就这样餐厅拿到了执照，从祖父、父亲一路经营下来，如今由亚登担任掌勺厨师。

据统计，目前美国的门诺会人口约为50万，阿米什人口将近35万。说来也许令人难以相信，在科技发达的美国，还有30多万阿米什人晚上点煤油灯照明，家里不装电话，不看电视，不用电脑手机，拒绝拍照，出门以马车代步，一般上完初中就辍学回家。他们坚守祖上传下的宗教信仰，尽量不与外界接触，避免因物质诱惑而分心，以艰辛的劳作、朴素的衣着、简单的生活、虔诚的祈祷来保持内心的专注和平和。

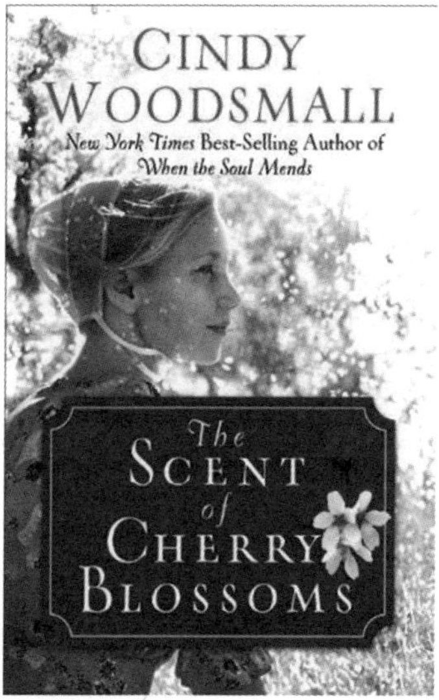

小说《樱花香》封面

但是，如果教规可以变通，阿米什人也不排斥某些科技设备带来的便利。邀请门诺会邻居作为餐厅合伙人即为一例。住宅不能安装电话，亚登家就在屋外建了一个单独的小房子，里面安上电话机，如同公用电话亭一样，遇有急事可以在这里通话，包括与他们的餐厅联系（因为有摩西作为合伙人，餐厅里也安了电话）。亚登舅舅的农场使用真空脉冲式挤奶机为奶牛挤奶，效率比人工挤奶大大提高，所需要的电力由一台老旧的柴油发电机提供。如今不少阿米什企业也采用太阳能发电，电力用于自给自足，不与公共电网相连。

再举一个变通的有趣例子。美国影片《阿米什谋杀案》的故事发生在俄亥俄州，这是继宾州之后阿米什人口第二多的州。十七年前离家出走而被阿米什族人闪避的凯特·伯克霍尔德回到家乡担任警察局长，在破案过程中需要与当地的阿米什主教交谈了解情况，但主教不正面看她，也不回答她的问题。凯特提个问题，需要由一名“英国人”同事复述一遍，主教才可以回答。凯特与主教本可以用本族的宾州德语交谈，但现在都说着英语，让作为外人的“翻译”听懂。

门诺会规定，青年男女在入教之前是不能约会谈恋爱的，这一点要比阿米什严格。阿米什教会允许年轻人在年满16岁、正式受洗入教之前有个“徘徊期”，给予其一定的自由度来思考，决定自己是否真正愿意成为虔诚的教徒。在另一部影片《怀孕的阿米什姑娘》中，18岁的阿米什女孩汉娜·尤德尔即将加入教会并与同村的男友萨缪尔结婚，但她决定在入教前与同村的两位女伴和一个男孩一起去加州好莱坞游历，体验一次那里的生活。在洛杉矶，她平生第一次用吐司炉烘烤面包片，第一次穿上性感的内衣和裙子，第一次接到萨缪尔从镇上公用电话亭打来的长途电话，第一次涂口红化浓妆，第一次参加音乐派对…… 在派对上，她遇到了担任音响师的计算机专业大学生乔西，两人坠入情网并发生了关系。她决定回家解除与萨缪尔的婚约，安顿好家里的事情后就回洛杉矶与乔西同居。回到家乡后，她顾念父亲和年幼的弟妹需要她照顾，同时发现自己已经怀孕，而萨缪尔愿意马上与她结婚，接纳她怀的孩子，不让族人察觉端倪，她离家的决心一度有所动摇。但为了追求自己向往的精彩人生，她还是在预定的受洗日那天提上行李箱出走了。

回到小说《樱花香》，安妮和亚登互相爱慕，但因归属不同的教派，他们的爱情注定不会被世俗认可。两人只能相约深夜在安妮外公亲手种植、曾是外公与外婆爱情象征的樱花树林里偷偷见面，从樱花含苞待放一直到满树芬芳，两人的感情越来越深。外公摩西察觉了他们的私情，威胁要终止与亚登家的合伙关系，使亚登一家赖以生存的餐厅无法继续经营下去。安妮从亚登为她所画的一幅幅画像中体会到亚登的真心，最后决定放弃在纽约的都市生活，回到宾州皈依亚登的阿米什教会，并求得外公的谅解，允许他们继续经营餐厅。

阿米什女孩汉娜走了，门诺会女孩安妮来了，寻求与世隔绝的阿米什社区到头来还是无法完全“闪避”外面的尘世。

在小说的结尾，安妮从花卉市场买回一枝樱花树的幼苗，与亚登一起把它种植在他家后院的开阔地带，期待不久的将来，树上就会开出大朵大朵的粉红色樱花，而樱花的香味会一直萦绕在这个阿米什家庭周围。

偶入艺术历史公园

美国内政部下属的国家公园署管理着庞大的国家公园系统，除了63个国家公园之外，还有国家战场公园、国家军事公园、国家历史公园以及以“国家”开头的海岸、湖岸、河流、纪念地、保护区等，共429个独立单位，所管理的土地面积达8500万英亩（约合34.4万平方公里）。其中，以绘画和雕塑艺术为主题的国家历史公园各有一个，分别是位于新罕布什尔州的圣高登斯国家历史公园和康涅狄格州的威尔农场国家历史公园。说来也巧，我原先并不知道这两个地方的存在，都是在很偶然的情况下，毫无计划地造访了它们。

十月中旬的一个周末，我和国内来美旅游的几个朋友相约去佛蒙特州观赏秋叶，下榻的度假酒店位于被当地印第安部落尊为“圣山”的阿斯卡特尼山的山脚。其中一人在微信朋友圈里配发了我们在佛蒙特东部著名小镇伍德斯托克及奎奇峡谷大桥赏叶的照片。在国内的一位同事看到照片后跟我们联系说，他女儿在美国耶鲁大学留学，主修西方艺术史，这段时间正好在圣高登斯国家历史公园担任志工，而我们所在的地点属佛蒙特与新罕布什尔交界之处，与公园仅有不到半个小时的车程，如有时间可以去那里看看，她还可以给我们做向导呢。

受这位同事的邀请，我们抽时间去了圣高登斯国家历史公园。从佛蒙特一侧的温莎市，驱车驶过作为州界的康涅狄格河上的木质廊桥，就进入了新罕布什尔州的康尼西市，左转上 12A 号公路后沿康涅狄格河北上，短短几分钟后就驶离主路，进入圣高登斯路，抵达圣高登斯公园面积不大的停车场。同事的女儿杰西在公园门口迎接我们，带我们参观访客中心、主宅、创作工作室，以及室外院子和草坪展示的圣高登斯名作翻铸件。

杰西介绍说，这座公园纪念的是美国雕塑家奥古斯塔斯·圣高登斯。他的父亲是一名法国鞋匠，母亲为爱尔兰人。他 1848 年出生于爱尔兰的都柏林，刚满半岁时即随父母移居美国纽约。1861 年，正是美国南北战争开始的第一年，他在 13 岁的幼龄开始跟随宝石雕刻师当学徒，晚上还去库伯联合学校上美术课。很快他便在雕刻领域展露出非凡的艺术天赋，后来还入读了国立设计学院。在南北战争结束后不久的 1867 年，他远赴法国和罗马学习进修美术和建筑学，深受法国当时流行的“布杂艺术”（Beaux-Arts）流派的影响。1875 年回美国定居，直至 1907 年去世，他在三十多年时间里创作了大量雕塑作品，奠定了他在美国雕塑艺术史上的重要地位。

对普通美国人来说，他们对圣高登斯的了解更多地来自“圣高登斯双鹰金币”，这是美国铸币局于1907年至1933年期间生产的一种20美元面额的金币，金币的正面和背面都由圣高登斯设计，因而以他名字命名。不少评论家都认为这是历史上最漂亮的美国硬币。如今一枚这样的金币在市场上可以卖到3000多美元的价格。

1885年，经律师朋友查尔斯·比曼的建议，圣高登斯在新罕布什尔购得一处与比曼的避暑庄园相邻的地块和房产，并精心设计了庭院景观，以他父亲在法国的出生地阿斯佩为自己的庄园命名。其后几年里，圣高登斯每年夏季携家人离开炎热拥挤的纽约市，来此居住。1900年，他被诊断罹患癌症后，就开始全年在这里定居和创作。创作理念相近的美术家从美国各地纷至沓来，互相交流和切磋技艺。他和比曼的庄园俨然成了新罕布什尔的雕塑创作基地，被称为“康尼西艺术家园”。

从私人庄园到成为国家历史公园，中间经历了多次转型。如今的圣高登斯国家历史公园所辖土地面积为370英亩，其中175英亩为联邦政府所有，是以圣高登斯和比曼两个家族的庄园为主，同时收购相邻私人地块后形成的。公园以远处的阿斯卡特尼山和近处的康涅狄格河为背景，拥有湖泊、溪流、宽广的草坪和大片的森林，辟出了多条徒步小径，当地居民和参观者来此除了可以观赏圣高登斯的雕塑艺术外，还可以享受户外休闲运动。“即使以欣赏秋天红叶来说，这个公园的景色也不输给佛蒙特州的网红景点。”杰西说道。

她如数家珍般地给我们讲解公园所展示的圣高登斯雕塑名作。创作工作室中央陈列着身姿轻盈的《狩猎女神狄安娜》，该雕像原件曾安装在纽约市麦迪逊广场花园的塔顶上，后来被费城艺术博物馆收藏，另有一件按比例缩小的作品收藏在纽约大都会博物馆。公园的一片草坪上孤独地展示着《亚当斯夫人纪念像》，通常也叫作《忧伤》，这是圣高登斯独立创作的象征主义作品之一，被公认是他最杰出的作品。

圣高登斯国家历史公园

原作位于首都华盛顿的罗克·克里克公墓，安放在亨利·亚当斯夫妇的坟头。雕塑中的亚当斯夫人面部平静，看不出喜怒哀乐，似乎进入了东方佛教中所说的极乐世界。

圣高斯登有不少作品描绘美国内战时期的著名英雄人物，因为他年幼时喜欢听战争英雄的传说故事，为英雄塑像是他长期以来的心愿。在靠近访客中心的院子里，大理石底座上矗立着《林肯总统站立像》，这件作品原件安放在芝加哥林肯公园里，位于伊利诺伊州斯布林菲尔德的林肯墓地，纽约大都会博物馆和耶鲁大学博物馆都收藏有翻铸件。《法拉格特将军像》是他第一件受主顾委托创作的成功作品。法拉格特是南北战争期间的一位海军将领，作品描绘了他站在战舰上指挥作战的身姿。这件作品原件如今还矗立在纽约市麦迪逊广场上。另一尊浮雕作品名为《肖上校纪念像》，纪念的是内战期间一名叫作肖的上校军官，他曾指挥了当时第一支黑人兵团。圣高登斯花了四年时间创作这件作品，肖上校和他的战马及追随他的黑人士兵都高度写实，而他们头顶的天空上飞翔着虚拟世界里的死亡天使，象征肖上校出征几个月后即战死疆场的命运，虚实相间的手法给人留下更加深刻的印象。作品原件位于波士顿，那里正是肖上校和他的士兵奔赴战场的出发地。

参观结束时，我们对杰西说："在这个艺术气氛浓郁的国家历史公园走一圈，就好像参观了奥古斯塔斯·圣高登斯雕塑作品的特展，而展品是从美国多个著名博物馆征集来的一样。而且，在秋色宜人的公园里观赏艺术品，呼吸着新鲜的空气，这种感觉又是在室内博物馆参观时所体会不到的。”

此行过后不到一个月时间，我应约到康涅狄格州新迦南市（New Canaan）的“格雷斯农场”与朋友会面。午餐后没有其他安排，我想起了在耶鲁大学念书的杰西，为了表达对她带我们参观圣高登斯公园的感激之意，就打电话问她下午是否有空，一起喝个咖啡。她听说我们在康州，提议说，咱们不如去参观威尔农场国家历史公园吧，她可以再给我当一回导游。

朋友对此也挺有兴趣，我们驱车前往纽黑文的耶鲁校园，接上杰西，一同前往威尔农场国家历史公园。在车上，杰西向我们介绍说，这个历史公园以美国印象派画家朱利安・奥尔登・威尔命名。威尔与圣高登斯同属美国镀金时代的艺术家，经历也基本相同，只不过圣高登斯幼时家庭贫穷，当学徒时过的简直是奴役一样的生活，而威尔生于艺术世家，虽非富贵，至少衣食不愁。他 1852 年出生，比圣高登斯小四岁。父亲是位于纽约州的西点军校的美术教授，因而西点是他的出生地，他哥哥约翰也是著名的美术家。他从小受家庭艺术氛围的熏陶，17 岁时到纽约市进入圣高登斯曾就读过的国家设计学院学习，四年后也与圣高登斯一样远赴巴黎法国高等美术学院留学，师从具有浪漫主义倾向的学院派画家、雕塑家让・莱昂・热罗姆和具有现实主义倾向的风俗画家、肖像画家朱尔斯・巴斯蒂昂・勒帕热，对各种艺术流派兼容并蓄、融会贯通，并逐步接受了他曾一度讨厌的印象主义风格。

在 19 世纪 70 年代末期，威尔回到纽约，在美术学校任教，并协助成立美国美术家协会，结识了一批很有前途的青年美术家。1883 年，威尔迎娶富家女妻子，据说仅以 10 美元和一幅画作的代价，在康涅狄格州布兰奇维尔村庄附近购置了面积达 150 英亩的农场，从此远离纽约的喧嚣，在这里度过了长达 36 年的田园诗般的生活，直至他 1919 年去世。农场及周边地区的自然景观为他的绘画创作提供了丰富的素材和无穷的灵感源泉。

威尔后人及其友人对保护威尔农场所在地作了大量努力，但农场在 20 世纪 80 年代还是被分割成数个地块出售开

威尔农场国家历史公园

发房地产。1990 年，美国联邦政府将威尔故居列入国家历史纪念地，并出手收购私人手中的土地，共收得 68 英亩，不足当初 150 英亩的一半，也远远小于新罕布什尔的圣高登斯国家历史公园。尽管如此，园内种植了大量树木，也有一个可供垂钓的湖泊，沿湖有一条休闲步道。经过整修，掩映在树林间的 16 幢房屋基本恢复了历史原貌，室外的花园和林地也更加适合公众活动。2021 年，威尔农场的身份正式从国家历史纪念地变更为国家历史公园。

说话间，我们抵达了威尔农场，依序参观了访客中心、主宅、创作室等的室内陈设，感觉就像走入威尔大师的家里做客，而他就在我们身旁生活和创作一样真实。

据杰西介绍，历史上曾有三代艺术家在这里居住。朱利安·奥尔登·威尔是第一代，他也经常邀请画家朋友们（其中两位与威尔一起推动创立了“美国画家十人组”）来此居住，用他们的生花妙笔描绘山水风景；第二代是威尔的画家女儿多乐茜·威尔及其雕塑家丈夫玛洪利·杨，如今历史公园创作室里还陈列着杨的雕塑工房和作品；第三代是杨的朋友、画家斯佩里·安德鲁斯。

朱利安·奥尔登·威尔一生共创作了 450 多幅绘画作品。他的作品于 1888 年首次入选在芝加哥艺术学院举办的美国油画第一届年度展，此后也多次在纽约的大都会博物馆和现代艺术博物馆以及意大利威尼斯等地参展，并被至少 15 家著名博物馆所收藏。杰西特别为我们讲解了他的两幅名作，一幅是肖像画代表作《抱狗的女士》，收藏于华盛顿的史密森尼美国艺术博物馆，另一幅是风景画代表作《红桥》，收藏于纽约现代艺术博物馆。

我们来到室外，徜徉于威尔生前就已建成的“秘境花园”和他去世后陆续设计的“下沉花园”“梯田花园”，感觉就像行走在一幅幅印象派的画作之中。杰西说，她曾在法国参观过吉维尼小镇上的莫奈花园，所以每次来到威尔农场，总会让她联想起莫奈花园。奥斯卡 - 克劳德 · 莫奈（1840年—1926年）是法国印象派绘画的代表人物和创始人之一。尽管从历史记录来看，威尔在法国留学时与莫奈本人似乎没有交集，但他选择威尔农场的自然景色作为自己画作的蓝本，与以莫奈为代表的法国印象派画家颇有神通之处。

朋友很有感触地说，国内也有不少地方将自己的花园与莫奈花园相比拟，比如青岛中山公园对面的“百花苑”、上海共青森林公园里的“莫奈花园”，会吸引中小学生前去写生作画，他们中间将来也可能诞生出伟大的画家。

杰西说，弘扬艺术传统、增进人们对艺术的兴趣恰恰也是这两个艺术公园的宗旨。威尔农场的访客中心有免费供青少年画画的场地和材料，还时常有志愿者来上课指导。两个公园都推出了“驻园艺术家”计划（Arts-in-Residence），即每年从报名者中遴选一名符合条件的年轻艺术家，资助他在公园里居住一个月时间进行体验和创作。“游客往往对美国的黄石公园、自由女神像等国家级景点趋之若鹜，而以艺术为主题的国家历史公园则乏人问津。这也是我坚持向国内来的朋友推介这两个艺术公园的原因。”她笑着说。

杰西告诉我们，美国有 75 个国家历史纪念地和 63 个国家历史公园，大多数纪念的是美国历史上的政治和军事人物，以文学家、艺术家命名的少之又少。国家历史纪念地中也仅有两位文学家的故居列入，一位是曾获诺贝尔文学奖的剧作家尤金·奥尼尔，另一位是美国 19 世纪浪漫主义诗人亨利·华兹华斯·朗费罗。位于哈佛大学附近的朗费罗故居能够有幸上榜，很大程度上也是因为它在独立战争时期曾经作为华盛顿将军的司令部。圣高登斯和威尔农场是国家历史公园中仅有的以艺术家命名的公园。按定义来说，国家历史公园有两个条件，一是所纪念的人物要有公认的成就和历史地位且历史遗址保存完好，达到“国家级”水平，二是要像个公园，比如有足够大的占地面积，有能吸引公众的景观和设施等。如果仅符合第一个条件，只能称为“国家历史纪念地”；如果仅符合第二个条件，那就是普通的公园了。要同时满足两个条件并不容易，特别是对艺术家而言，所以能选上的就属凤毛麟角了。杰西说，两个以艺术家命名的国家历史公园位于新罕布什尔和康涅狄格，都在“帝国州”纽约的辐射范围内，显示出新英格兰地区深厚的文化底蕴，这也是她当初选择来耶鲁大学学习西方艺术史的原因之一。

就这样，在杰西的热情引领下，我意外地闯入两个历史公园，窥见了美国艺术史这座“大观园”的一隅。

林中徒步

在一个初春的周末，我和同事迫不及待要出去寻找合适的山林小径徒步，希望略微甩脱一点长长的冬季堆积在我们身体上的“分量”。他选择的是位于新泽西州东北部靠近与纽约州分界线的“登天楼梯”（Stairway to Heaven）山径，从山脚爬上瓦瓦岩达山上的“纸风车”观景点，垂直高度421米，来回路程2.6英里（合4.2公里）。尽管距离不长，但因为一路上陡峭崎岖、怪石嶙峋，徒步难度相当高。

山路崎岖

纸风车观景点是一个光秃秃的岩石平台，这里没有树木遮挡视线，望出去就是开阔的韦尔农山谷，谷底有农舍和大片的草原，还能看见在草地上放牧的奶牛。在山谷的远方，蜿蜒起伏的是另一片群山，叫作基达提尼山。刚才在山路上有几个背包客从我们身边超越，现在他们也在观景点小憩，经他们的提醒，我们能分辨出远处山上的高点纪念碑，据说那里是整个新泽西州的地理最高点，海拔 550 米。

这一段山径大部分标有白色标记，仅在纸风车观景点附近要沿着蓝色标记走一段不长的路。那几位同行的背包客介绍说，这个白色标记就是著名的阿帕拉契亚国家景观步道（Appalachian National Scenic Trail，简称 AT）的标志。我们走过的这段 2.6 英里的山路就是全长 2198 英里的阿帕拉契亚步道的组成部分，但大约仅占整个步道长度的千分之一。

徒步小径的标记一般是在路两侧的树干上剥掉少许树皮，露出一个小的长方形，然后用油漆给长方形涂上不同的颜色，以表示不同方向的路径，给徒步者指路。也有的是直接在树皮上刷漆，或者用不同颜色的小塑料片钉在树干上；如果小路两侧没有合适

步径标记

的树干，也可把标记刷在路旁的石头上。徒步者要知道自己走的是什么颜色的路径，然后跟随这些颜色的标记，就不会迷失方向。多个标记采用不同的组合方式，还可以表示“直行”“右转”“左转”“起点”“终点”“岔路”等多个意思。

这种长方形标记在英语中称为 blaze。我们知道英语有 to blaze a new trail（独辟蹊径、开辟新路）的说法，本意就是在无人走过的小径两旁标上指路标记，一条新路就开辟出来了。

我们就是这样极为偶然地接触到了被称为美国野外徒步“三顶皇冠”之首的阿帕拉契亚步道。另外两顶“皇冠”分别是位于美国西部的太平洋峰顶步道（Pacific Crest Trail，简称 PCT）和位于中部沿着落基山脉的大陆分界步道（Continental Divide Trail，简称 CDT）。无数雄心勃勃的徒步爱好者想要全部走完这“三顶皇冠”总共约 8000 英里的路程，但大部分人都在中途望而却步了，迄今为止历史上仅有 500 名徒步者实现了这一宏伟的志愿。

从纸风车观景点下山，虽然拖着疲惫的双腿，我们还是跨过 94 号公路，体验了一段“坡楚克木板步道”。这是在沼泽湿地上建起的架空步道，全长两英里左右，也是阿帕拉契亚步道的一部分。

当天回家后，我查询了阿帕拉契亚步道的资料，并观看了对宣传这条徒步山径发挥巨大影响作用的电影故事片 *A Walk in the Woods*。这部影片于 2015 年上映，片名在国内译为《林中漫步》，估计是受到了另外两部美国电影片名的影响，其一为费雯·丽饰演女主角的 *A Walk in the Spring Rain*，译为《春雨漫步》，其二为基努·里维斯饰演男主角的 *A Walk in the Clouds*，译为《云中漫步》。影片改编自美国游记作家比尔·布兰森徒步阿帕拉契亚步道的真实经历，原书出版于 1998 年，书名为 *A Walk in the Woods: Rediscovering America on Appalachian Trail*（《林中漫步：在阿帕拉契亚步道重新发现美国》）。长途徒步的艰辛是显而易见的，作者用了 walk 这一比较中性的词，一定程度上给这项户外极限运动增添了些许轻松感，但恐怕还不至于将跋山涉水形容为闲庭信步，译为“漫步”似乎过于浪漫化了。如果由我来翻译，宁愿译为

80 号州际公路穿越特拉华峡谷

《林中徒步》。

阿帕拉契亚步道自然是得名于阿帕拉契亚山脉。它是北美洲东部的一座山系，南起美国的亚拉巴马州，向北一直延伸至加拿大纽芬兰和拉布拉多省的大西洋岸边。阿帕拉契亚步道则没有包括亚拉巴马州，最南端从乔治亚州的施普林格山算起，一共穿过东部 14 个州，抵达最北端缅因州的卡塔丁山。步道共有约 392 英里穿越东北部的宾夕法尼亚、新泽西、纽约 3 州，占其总长的 18% 左右，在南部 6 州和新英格兰 5 州（不含罗得岛）之间发挥着承上启下的作用。

阿帕拉契亚步道穿越新泽西州的北部，在州界内长度约 74 英里。我们爬过的“登天楼梯”山段位于瓦瓦岩达州立公园，该公园东北侧就是与纽约州的界线。从纸风车观景点沿着“登天楼梯”返回，穿过坡楚克木板步道，继续向西北方向徒步，这一段步道大致与州界线平行，约走 20 英里就到达基达提尼山上的高点州立公园，此时需要拐上一条偏路才能徒步登上山顶的高点纪念碑。阿帕拉契亚步道从高点公园开始折为西南方向，大致与特拉华河的走向平行，在基达提尼山脊上蜿蜒约 50 英里，经 80 号州际高速公路上的桥梁穿越特拉华峡谷，就进入宾夕法尼亚州的地界了。

观看《林中漫步》影片后，我又从社区图书馆借来比尔·布兰森的原著拜读。在他的鼓舞下，我在接下来的几个周末分别驱车去高点州立公园、特拉华峡谷和基达提尼山上翻车鱼湖（Sunfish Pond）附近的山路徒步，也去了纽约州一侧哈里南州立公园内的黑山和银矿湖的步道打卡。在山路上遇到了更多的背包客，也见识了阿帕拉契亚步道上常见的供徒步者避雨或过夜的庇护所。尽管我将每次徒步的时间限制在四小时之内，没有体验到影片中布兰森和他又老又胖的同伴卡兹一路上所经历过的忍饥挨饿和风雪交加的险境，没有遇见经常在新泽西山林里出没的黑熊，不需要用空瓶子接了山泉水过滤后饮用，也没有跳入山上的冰川湖中洗澡，但还是偷偷模仿布兰森干了一件“坏事”，用他的原话来说，“我在山林中拉了粑粑”。

尽管新泽西州在美国各州中人口最为稠密，但据美国林业局提供的数据，该州的森林覆盖率仍达到了 41.72%，居各州中游的位置。除了隐藏在北部一隅的阿帕拉契亚步道，新泽西的山上和森林中还有数以千计的适合徒步的小径，路面有泥路、砂路、乱石路、岩石坡路。有的泥路上布满裸露的树根，盘根错节，也有部分用木板铺路，尽可能接近自然原始的状态，完全没有国内旅游景区常见的整齐的登山台阶。这些路面，部分是专业部门或志愿者依山傍水略加修缮而成的，但更多的是前人用双脚踩踏出来的，是鲁迅先生所说的“世上本没有路，走的人多了，也便成了路”的最好写照。有时从灌木丛中开辟出狭窄小路，仅容一人侧身穿行，犹如童话电影《爱丽丝梦游仙境》或《绿野仙踪》中的场景。林中小溪上有的架了木桥，有的仅架了一棵大树的树身当桥，如同体操中的平衡木一般。徒步者还须设法翻过倒地后挡住了步道的粗大树木，也可能还要踩着水里的石块小心地过河，如果石头不稳或青苔湿滑，就会掉入水中湿了衣鞋。

高点纪念碑

新泽西州政府规划了从北部的高点州立公园一直通到该州最南端海滨城市开普梅（Cape May，也译为“五月岬”）的“新泽西州徒步长径”（NJ State Long Trail），全长383英里（约616.38千米），既可以供徒步者享受户外空间，也为野生动物迁徙提供了连续的天然绿色通道。长径主要利用了沿线各地方现有的徒步小径，将其串联起来，如同一长串珍珠项链；所通过的地形，有北部的山丘和森林，有静谧的湖泊和河流，也有南部肥沃的农场，同时还穿越了州府特伦顿和一些有历史意义的社区。从高点州立公园到瓦瓦岩达山的阿帕拉契亚步道路段，以及我造访过的新泽西最适合淡水钓鱼的荷帕特孔湖沿岸的步道，都是新泽西州徒步长径的组成部分。

相比之下，相邻的纽约州于2017年推出了总长750英里的“帝国州之径”，分为以州府阿尔巴尼为中心呈Y形分布的三段，即纽约市至阿尔巴尼的“哈得逊河谷绿径”、从北部美加边境至阿尔巴尼的“尚普兰湖谷之径”以及从布法罗到阿尔巴尼的“伊利运河之径”。与新泽西徒步长径相比，“帝国州之径”更多地考虑了自行车骑行和长跑的需要，其中“尚普兰湖谷之径”基本上与公路重合。

记得我和同伴们在新泽西中部的“瓦强保护区”（Watchung Reservation）山林里徒步时，尽管天气预报说当天晴好，途中却淅淅沥沥下起雨来，幸好树林很密，我们可以在繁茂的枝叶下避一会儿雨再走。这时，有朋友高声朗诵起了苏轼的词《定风波》：“莫听穿林打叶声，何妨吟啸且徐行。竹杖芒鞋轻胜马，谁怕？一蓑烟雨任平生。”词中意境与我们此时此景非常贴切，也令我们油然而生出了雨中漫步的豪情。更何况我们配备的登山杖、登山鞋远远胜过了古人的竹杖和芒鞋。

有时，在崎岖山路上，我们觉得已精疲力尽，而终点似乎还遥不可及，眼前树林中“咻”地飞过一只蓝色的小鸟（英语叫作blue jay，译为“蓝松鸦”），文艺范的朋友又触景生情吟诵起李商隐的诗句：“蓬山此去无多路，青鸟殷勤为探看。”大家都很想让青鸟帮忙看看前面的路还有多远。当我们历尽艰辛终于到达峰顶，望着山下一览无余的美景，会忍不住大声唱起上海籍歌手黄龄的《嗨歌》：“Mountain top，就跟着一起来，没有什么阻挡着未来……”

美国有个手机应用程序“步径大全”（AllTrails），提供了约42万条徒步路径的信息，是徒步爱好者的好帮手。据该应用程序统计，2023年其注册会员在户外徒步合计7300万个小时，总计徒步里程达2.68亿英里，会员们上传分享了1300万张徒步照片，并撰写了190万条评论。

作为初尝野外徒步运动的业余爱好者，我们没有去摘取美国徒步“三顶皇冠”的雄心，但可以在周末去阿帕拉契亚步道或新泽西州长径选取一段来行走，今后如有条件或许也可以去尝试挑战太平洋峰顶步道和大陆分界步道这另外两顶“皇冠”的某个路段。2014年上映的由著名演员瑞茜·威瑟斯彭主演的美国影片《涉足荒野》讲述了女主人公独自勇闯太平洋峰顶步道的故事，也让我们对这条以广袤沙漠为特点，总长2650英里的步道得以略窥一斑。

徒步运动，是对肢体和精神的双重磨炼，也会把我们带至意想不到的美景。在人迹罕至的地方，不经意间你可能会遇上气势磅礴、云蒸霞蔚的瀑布，可能会碰上巍然而立的嶙峋怪石，也可能碰上“纸风车”这样的观景高台，果然是“无限风光在险峰”，这是大自然对徒步攀登者的最好奖赏。徒步者在享受征服大自然的快乐的同时，也须小心呵护大自然，不给大自然留下无法自动洗刷掉的痕迹。用专业背包客的话来说，“要带只带走照相机里的风景，要留只留下美好的回忆”。

漆弹与飞盘高尔夫

每年五月份的最后一个星期一是美国的阵亡将士纪念日，是联邦政府规定的节假日，这天也被认为是非官方的夏季第一天。在之前的一周时间里，同事朋友相互打招呼的主题就是“这个为期三天的小长假你有什么计划”，然后把对方的度假计划恭维一番；但也许很快忘记了，下次碰见再互相问一遍。家住莫里斯县的朋友大董倒是上了心，得知我暂时一个人独住，假日里没有特别安排，也了解我喜欢户外运动，就邀请我去他家，参与他们当天的家庭活动。

上午的安排是观摩他正上高中一年级的儿子参加的漆弹比赛，为他打气加油。比赛场地叫作“安克尔漆弹场”（Anchor Paintball），离他家不远。场地上有便于藏身的树木和草丛，另外还用旧汽车轮胎、钢管、木板等搭出了障碍物、掩体、哨塔、碉堡等“军事”设施，两端各有一个兵站，插着旗帜。大董介绍说，漆弹是在户外进行的一种模拟军队打仗的游戏，参加者使用能够发射漆弹的压缩气枪互相攻击，击中对方就算成功消灭对手，谁先把对方人员全部消灭，谁就是获胜方。

这次参加游戏的两个组各有七人。大董说，这是儿子和他的伙伴们事先邀约并向场地管理方预定的，在纪念阵亡将士的日子举行模拟打仗的游戏比赛，也算应景；此外，如果有小伙伴过生日、庆祝升学等，也会相约来玩漆弹，如同开派对一样。漆弹游戏的人数并不固定，不分男女老幼，只要有两个人以上就可以开打，有的游戏场地面积达 100 英亩，每组有十几名甚至数十名成员也司空见惯，这也是漆弹比赛便于组织的原因。

大董儿子同其他队员一样，身着迷彩服，斜挎子弹夹，胳膊上戴着分辨组别的箍圈，头戴防护面罩，头上还插着几

漆弹运动场

根树枝作为伪装，跃跃欲试地准备投入“战斗”。压缩气枪使用的子弹是以明胶为外膜、内藏淀粉和食用色素的小丸，击中人体后有痛感但不会造成伤害，被击中后子弹会爆开在人身上制造出一片“血迹”。子弹虽然不具有杀伤力，但游戏者仍须配备专用的防护面罩和眼镜，以防止漆弹击中眼睛造成失明。大董说，有的队员喜欢“把戏做足”，要在脸上涂满油彩，其实没有必要，反正防护面罩也会把脸遮住。

据说漆弹游戏起源于20世纪70年代，当时使用漆弹给树木和牲口打上易于辨认的标记。在美国西部，牛仔到市场选购牲口时，为了容易辨别，就发明了一种用塑胶袋装着有颜色液体的子弹，用弹弓射到自己心仪的牛身上。等到牛全部拍卖完毕，牛仔便按牛身留下的漆痕寻找，确认选购对象。1981年，有人借鉴这种做法，发明出了娱乐性游戏，当时称之为“逃生游戏”，并逐步完善规则，成为正规的体育项目。后来，美国特种部队觉得也可以用这种方式来训练士兵作战，便研发训练用的枪

漆弹选手

支和漆弹，以实际作战对抗代替空洞的模拟演练。

漆弹游戏结合了棋类运动中的“将军”或“夺军旗”，以及“捉迷藏”等游戏的特点，同时比赛场景更为刺激、队员运动量更大。裁判发出比赛开始的信号后，两组从各自的兵站出发，试图攻入对方的兵站夺取军旗，并扛着军旗奔回己方兵站。另一方当然要进行防守，向进攻队员射击，被有效击中的战士就算“阵亡”了，必须主动举手示意，离场后回到己方兵站的入口处。扛着对方军旗的战士如被击中，必须就地放下旗子后离场。

在观看比赛的间隙，大董还跟我解释了一些漆弹的规则。首先不允许作弊，队员被击中后不能趁没人注意自己偷偷把漆痕擦去后继续战斗；须看清目标后射击，盲射容易击中不相干人员，比如站在一旁的裁判或观众；避免近距离射击造成伤害，一般规定不能射击在距离三米之内的目标；须全程佩戴面罩，不要随意在游戏中间脱下；要主动寻找进攻机会，不消极躲藏避战；每场比赛配发一定数量的子弹，所以不要无谓浪费子弹，有人在已经击中对方队员之后还要再补上几枪，这种做法显然不可取；要保持子弹外表清洁，可以事先用布擦拭干净，更要避免从地上捡起掉落的子弹后马上使用，因为沾有杂质的子弹装入枪膛容易影响气枪正常发射。为了保证人员安全，赛前要对队员使用的气枪发射进行雷达测速，如子弹速度超过每秒 300 英尺（91 米），须对气枪进行降速调整。

大董说，漆弹运动如今推广很快，新泽西有不少像安克尔这样的漆弹活动场地，可以个人或集体预约参加游戏，向俱乐部租用气枪和面罩等设备、购买子弹，每次时间为两三个小时，费用一般不超过一百美元。漆弹运动对个人的体型、速度、力量等要求并不高，而更在于考验个人的意志力、判断力和团队精神。这是一项冒险、刺激、有趣的运动，可以帮助参与者纾解压力、振奋精神和培养领导能力。

比赛以大董儿子所在的小组获胜而告终。顾不得让儿子好好清理身上的颜料，一家人浩浩荡荡地奔向附近的韩国烤肉店庆祝。

午餐后，大董一家意犹未尽，邀请我一起去玩飞盘高尔夫。我们开车不到二十分钟，来到格雷斯东森林飞盘高尔夫场（Greystone Woods Disc Golf Course）。飞盘高尔夫的英文名是disc golf，也叫作flying disc golf或Frisbee golf，玩法与正常的高尔夫活动基本相同，场地上也设有9个或18个“洞”，目标是从发球区以最少的“杆数”把“球”打进“洞”里。区别在于，它所使用的不是高尔夫球，而是类似于飞盘运动中的塑胶飞盘；也没有球杆，是用手臂扔飞盘，所谓“杆数”也就是扔的次数；“洞”也不是在草地上挖出来的，而是一个由立柱撑起的铁丝圆篮，篮子高出地面约90公分，篮子上方有一圈铁链，玩家将飞盘朝着铁链方向扔去，飞盘碰到铁链阻挡后易于掉入篮内。所以说，玩飞盘高尔夫，除了须有场地之外，所需的工具仅为飞盘，一个入门级飞盘的价格在 10~20 美元，成本较低，直径为 21.2 厘米、厚度 1.6 厘米，重量在 160~180 克，一般不超过 200 克，因而便于随身携带。

大董说，格雷斯东森林飞盘高尔夫场位于当地的社区公园内，向当地居民免费开放，仅须提前向管理机构预约登记。高尔夫玩家的球包中一般至少须配有发球杆、球道木杆、铁杆若干根，以及切球杆、推杆等，而飞盘高尔夫的初学者仅需一个飞盘就可以开始玩。稍微入门后，可以准备发球、中程和推杆三个飞盘，作为基本装备。发球盘的功能自然是要能扔得尽可能远一些；中程盘就如同球道木杆一样，在发球与进洞之间起衔接作用；推杆盘的作用是要能精准进洞，而飞行距离并非重要因素。参加专业比赛的选手往往要在背包里装进 20 多个飞盘，每个飞盘有各自的特性，如有的适于直线飞行，有的滑行距离长，根据球道条件选用，此外像格雷斯东森林这样的场地有湖有河、地形复杂，一场比赛下来丢失几个飞盘也是常有的事。

飞盘高尔夫的“球洞”

大董递给我一个飞盘，形状恰如家庭盛菜的瓷盘，扔的时候要盘底向上，通过转动身体借力扔出。他介绍说，根据统计，初学者用发球盘可以扔出 175~250 码的距离，大大高于高尔夫球初学者用发球杆打出的距离。练了一两年后，不少人可以扔到 300 码。专业运动员往往可以精准地扔出 500 码上下，有人创造过 1000 码以上的纪录。

飞盘高尔夫选手一般分为白色、蓝色和金色三个等级，相当于高尔夫球的红 T、白 T 和蓝 T，其中白色为业余级别，18 洞场地的球道总长度在 4500~6000 码之间；蓝色和金色等级的选手可以参加专业比赛，18 洞场地的球道总长度在 6000~10000 码之间，而高尔夫球球场的标准长度在 6600 码左右。

尽管飞盘高尔夫对工具和装备的要求不高，对场地的要求还是蛮高的。首先是球场面积，平均每个洞的占地面积在 0.5 至 1 英亩，18 洞球场的面积需要 9~18 英亩，具体根据使用者等级水平和场上树木多少而定。如树林较密，树木形成天然的球道间隔，减少球道之间相互影响，提高面积利用率，从而节省球场占地面积。

球洞长度与高尔夫球一样，分为三杆洞、四杆洞和五杆洞，三杆洞的最小长度一般不低于 100 码，但也不超过 250 码。洞所处的地形要有变化，有的完全被树木包围，有的部分靠近树木，有的就位于空旷的草地上，可以提高进洞的难度系数和丰富打球者的乐趣体验。

发球台

我和大董一家扔了五六个洞后兴尽而归。我虽是第一次接触这项运动，但因为有点打高尔夫球的基础，感觉上手并不难，但飞盘与高尔夫的小白球大小、形状和重量都不一样，要适应飞盘的飞行轨迹还是需要多加训练的。

在告别时，我对大董总结说：“溙弹和飞盘高尔夫都是有益健康的户外运动，又不会破坏自然生态；当然需要占用大面积的绿化林地，在新泽西这样的地方不成问题，但如果在我们中国推广，还是要考虑人多地少的国情的。”

他点头称是，又补充道：“与高尔夫球相比，溙弹和飞盘高尔夫的场地不用经常浇水，也不须经常修护球道和果岭上的草皮，维护成本低，适合普通百姓的消费水平，因此这两项运动还是值得推广的。”

淡水钓鱼记

五月初一个星期六的早晨，朋友扎克开车来接我一起去钓鳟鱼。从我家到他计划去钓鱼的拉里坦河有近 40 分钟的车程，一路上我向他提出了不少疑问。

首先，如何选择钓鱼的地点。扎克说，新泽西州环保厅

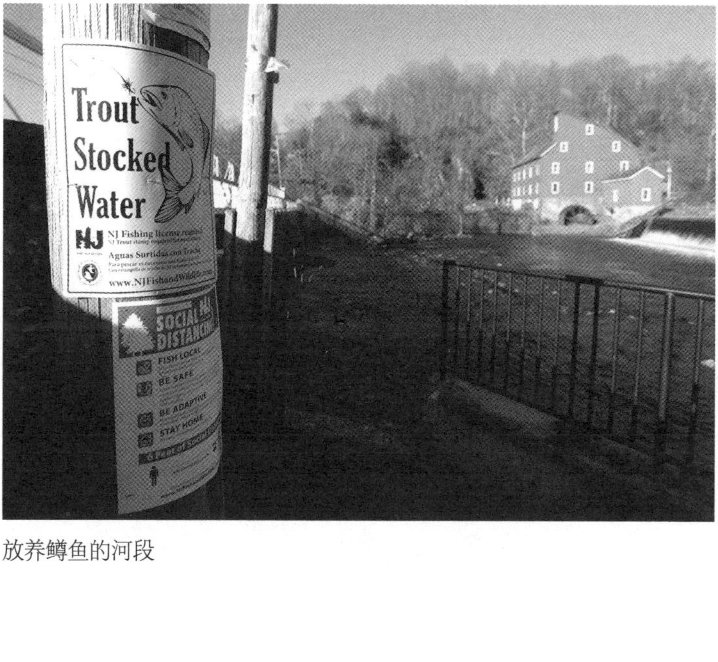

放养鳟鱼的河段

下面设有鱼类与野生动物署，是钓鱼和打猎运动的综合管理部门。它的网站上列出了州内适合淡水钓鱼的各个湖泊水库和各条河流的名称及抵达地点，包括导航信息、停车点方位和其他信息，为钓鱼者提供便利。有的河段为“放生”河段，在这里钓获的鱼必须不受伤害并马上放回河里，你如果希望把钓获的鱼带回家食用，就要选择别的钓鱼地点。

“好不容易钓到了鱼，还要放回去，谁这么傻？”我问。扎克说，不少钓友纯粹把钓鱼当作消遣运动，看重的是享受钓鱼的过程和渔获的快乐，一般会以钓鱼的地点为背景、同钓获的鱼拍张合影留作纪念，然后让鱼重回自由。如果钓到了大鱼，其长度或重量创出了钓鱼者个人或所在地区的新纪录，就更值得留下合影、立此存照，发到朋友圈或专业网站炫耀。以虹鳟鱼为例，目前新泽西的重量纪录是 13 磅（约合 6 公斤），是一位名叫基恩·卢科斯基的钓友 1988 年在荷帕特孔湖里钓到的，此后还一直没人打破过这个纪录。我朋友扎克的个人记录是 4.3 磅。

我们今天是打算钓几条鱼回去打牙祭的，所以扎克还带了存鱼的冰盒。新泽西州规定，在 4 月、5 月期间，钓到长度至少达 9 英寸的鳟鱼才能带走，而且每位钓鱼者每天带走的限额是 6 条，所以卷尺和弹簧秤一般也是钓鱼的必备装备。如果你钓到的鱼已到法定长度但还嫌不够大，可以马上放回水里，等待更大的鱼上钩；即使你已经攒满 6 条鱼带回家，还是可以继续垂钓的，只是须立马把后来的上钩者放生，不管大小。

我问:“今天是咱们两人去钓鱼，是不是一共可以拿走12条鱼呀？”扎克笑着解释，咱们俩中只有他拥有新泽西的钓鱼许可证，我仅是个“跟屁虫”，所以只能算一个人的额度。钓鱼许可证如何办理呢？可以在鱼类与野生动物署的网站以及沃尔玛超市、迪克运动器材商店等代理点申请，州内居民的年费是22.5美元，如果想钓鳟鱼和三文鱼，则要申请加盖专门的印章，额外支付10美元。非居民的费用要更贵一些。

扎克宽慰我说:“不过你也不要泄气，如果只想先尝试一下，再决定是否购买许可证，也是有办法的，新泽西规定一年有两天的免证钓鱼日，分别在6月上旬和10月下旬的周六，具体日子每年有所不同。但即使在开放日，每天钓鱼取走的限额和鱼的尺寸规定也是要遵守的。”

虹鳟鱼

说话间，我们抵达了扎克选定的拉里坦河上的钓鱼点。扎克从车上取出鱼竿和整整两大盒各种各样的鱼钩和人造鱼饵，还有一个网兜。扎克解释说，收紧鱼线把上钩的鱼拉到岸旁后，用网兜把鱼抄起来，可以避免让鱼嘴受到更大的伤害，因为毕竟我们还是要把没有达到法定长度的小鱼放生的。

我想到了一个问题："你说我们今天来钓鳟鱼，但河里各种鱼都有，你怎么能确定钓到的一定是鳟鱼呢？"

扎克笑着指向旁边树干上的标牌，上面写着 Trout Stocked Water（鳟鱼放养水域）。我吃了一惊，合着河里的鱼不是野生的，是人工放养的？

扎克介绍说，新泽西和美国其他的州一样，为了保护河湖生态环境和鱼类的数量，同时推动淡水钓鱼运动的可持续发展，制定了周密的淡水鱼苗养殖和河湖放养计划，建设了专业的鱼苗养殖场。新泽西渔类与野生动物署属下有两个鱼苗养殖场，都位于沃伦县，其中哈基斯顿州立养鱼场负责 15 种温水和凉水鱼类的培育，如鲈鱼、白斑狗鱼、翻车鱼等，佩奎斯特鳟鱼养殖场则专业培育属于冷水鱼种的鳟鱼苗。淡水鱼通常根据对水温和不同温度范围内的氧含量的适应程度，分为温水、凉水和冷水鱼。冷水鱼富含营养价值高的欧米伽 -3 脂肪酸，所以难怪要想钓鳟鱼和三文鱼这两种冷水鱼的人申请许可证时须支付额外费用。

我们把鱼钩抛下水不久，就有鱼上钩了，钓上来的果真是一条虹鳟鱼。新泽西常见的鳟鱼有褐鳟、虹鳟、溪鳟和湖鳟（又称突吻红点鲑）等，虹鳟鱼因为它身上有带状的红色纹，看上去像彩虹一样而得名。扎克用卷尺量了鱼的尺寸，有 10 英寸左右，超过了合法收获的标准。他介绍说，如果直接把活鱼放入冰盒冷冻，鱼在死亡之前会因情绪紧张努力挣扎，而分泌出产生死鱼腥味的化学物质；因此一般要用针刺大脑或钝物敲击鱼头的方式，使鱼突然脑死亡，然后放入冰盒贮存。他接着说，当然最好是在鱼死亡之后立马剪断鱼鳃，把鱼血放干净，并开膛取出内脏，专业钓鱼者在捕获较大的三文鱼时往往会这样处理，但鳟鱼个头较小，而且我们带的工具也有限，所以将就简化了程序。

刚把第一条鱼归置好，第二条鱼又上钩了，而且这一条鱼长度超过 12 英寸，将近有 3 磅重。我大出意外，心想这样钓鱼也太简单了。扎克看出了我的心思，笑着说，他选的这个河段前不久刚放养过鱼苗，水里岩石和树根较多，鳟鱼喜欢躲藏在它们下面的阴凉处，而且来这个河段的钓鱼者不多，鱼容易上钩也在情理之中。

他介绍说，2022 年佩奎斯特养殖场在春季、秋季和冬季安排 3 次鳟鱼放养，春季放养的规模最大，涉及全州 85 条河溪和 87 个湖泊，平均长度为 10.5 英寸的虹鳟鱼就放养了 57 万条，从 3 月 21 日开始陆续放养，4 月 8 日之前为禁钓期，4 月 9 日重新向钓友开放；秋季和冬季钓鱼者人数减少，放养的数量和地点也有局限，放养的都是鱼龄在两年以上、长度为 15~16 英寸的成年鱼，甚至有相当数量的平均长度 20 英寸的繁殖用鱼。

难怪，放养增加了钓获的容易度，提高了钓鱼者的兴趣，而更多的爱好者购买许可证参与钓鱼活动，就会有更多的钱款源源流回鱼类与野生动物署及其鱼苗养殖场，形成良性循环。此外，钓鱼者还要花钱购买鱼竿、鱼饵、保鲜冰盒等一应装备，以及要租用小艇到湖中钓鱼，形成了钓鱼产业链。

扎克看我似乎咂摸出了钓鱼的一些门道，接着说，新泽西数量最大的淡水鱼种是鲈鱼，因为它生长迅速、抗病力强、适温性广。鲈鱼分为大嘴鲈、小嘴鲈、白鲈和杂交礁鲈等品种，其中大嘴鲈鱼最为普遍。如果你在公园或野外徒步时看见有人在池塘里钓鱼，你和他们搭讪时可以问问他们有没有钓到大嘴鲈鱼，大多数时候他们都会给你肯定的答复。

我了解一点三文鱼的特性，知道它是冷水性鱼类，在海洋生活 3~5 年后会在夏季或秋季成群结队地溯河洄游，进入

大嘴鲈鱼

淡水河产卵后死去。那么，钓友们在淡水湖中钓到的三文鱼是不是这些洄游者呢？扎克说，三文鱼自然洄游的地点一般在更北方的河流，如加拿大的弗雷泽河；在新泽西湖泊里钓到的三文鱼大多是放养的，称为“陆锁三文鱼”（landlocked salmon），也就是说，它们终生只在淡水里生活，无法游入大海，但这也不妨碍成年的雌性三文鱼在每年10—11月间在湖边找寻合适的地方产籽，受精后的鱼籽埋在4~12英寸深的石片之下，等待来年春天孵化出鱼苗，完成三文鱼的自我繁殖。

扎克的介绍也解答了我一直存在的疑问：我在野外徒步时，路过海拔很高、人迹罕至的高山湖，时常还看到有人在湖中垂钓，这些湖的水源由雨雪补充，不与外界河流连接，湖里的鱼是从哪儿来的呢？以前听人说过，是飞鸟在山下的河里觅食，脚上或嘴角粘上了鱼卵，飞越高山湖时把鱼卵掉落到了湖水里，但我总觉得这种说法不太可信。现在，我找到了真正的原因，原来湖里的鱼类也是人工放养的！

扎克说，除了州政府设立的鱼苗养殖场外，新泽西还有私人经营的鱼苗孵化和养殖企业，主要的销售对象是私人家庭或私营企业，比如有些住宅占地面积很大，后院可以挖出一个水塘供家人或宾客钓鱼消遣，就要向私营的养殖场购买鱼苗放养。

我想起了一个问题：这些养殖场供应的是鱼苗，是被放养到自然水域后供人垂钓的，那么美国有没有专业的养鱼场，收获鱼产后直接供应给市场，供消费者食用呢？扎克答道，当然是有的，你在副食品超市就可以看到，超市销售的冰鲜鱼有的标明 wild，即野生鱼，有的标明 farmed，就是养鱼场养殖的了，当然野生鱼价格更贵一些。美国养殖渔业产值最高的州是密西西比州。新泽西也有十几家淡水鱼养殖企业，养殖鳟鱼、三文鱼、鲇鱼等食用鱼，此外还有一家专业养殖从日本引进鱼种的锦鲤，顾客购买后养在水池或鱼缸内观赏。

不到两个小时的时辰，我们就钓满了 6 条鱼的限额，令人略感遗憾的是这些鱼的重量都没有打破扎克的个人纪录。我俩决定趁着鱼还新鲜，赶紧收摊回他家烤鱼吃去。扎克说，我们要学当地人的做法，把鱼排肉（fillet）片下后放在炭炉上烤，但剔下的头尾和鱼骨要同豆腐一起炖汤喝，像当地人那样一扔了之就太浪费了。

就在我们发动车子准备离开时，又有两个钓友相伴着来这个河段钓鱼了，看来也都认识扎克，和他打着招呼。扎克颇有感触地说："他们和我一样，已经有十来年的钓鱼史了。钓鱼这个事，从表面上看是我们钓到了鱼，其实是鱼钓走了我们的心。一旦喜欢上钓鱼这个户外运动，你恐怕就很难脱钩了。"

下海钓鱼去

六月份的一天，扎克兴奋地告诉我，上个周末他去新泽西海岸线最南端的开普梅钓鱼，站在小海湾的石岸边向水里抛钩，用沙蟹作饵，钓到了5条羊鲷鱼，回家做了油煎鱼

酷似羊头的羊鲷

钓到了一条羊鲷

排，味道鲜美，让家人一饱口福。羊鲷（sheepshead）也译作羊头鲷或羊头鱼，从鱼头的正面看头形较长，额部较高，眼眶外凸，好似绵羊头。它嘴里上下颚有两排整齐的珍珠白的牙齿，酷似人类的牙齿，因为它是杂食动物，牙齿大而扁，用以咬碎和研磨甲壳动物和蛤蜊、牡蛎等软体动物。鱼体为银色，有宽阔的暗色垂直带纹，因而容易辨认。

他的话让我联想起不久前，我曾在靠近新泽西海岸线最北端的哈特肖恩森林公园徒步，在与海湾相通的纳夫辛克河边看到两个垂钓者钓鱼。他们钓到的多宝鱼用绳子穿着养在岸边海水里，然后又钓到一条足有五磅重的条纹鲈鱼。尽管海鲈鱼和多宝鱼一样，也属于低脂的“白鱼”，但他们还是嫌鲈鱼油重，准备把鲈鱼剁成碎块，当鱼饵用。我觉得可惜，出价 10 美元把鲈鱼买了下来，带回家做成了晚餐。

扎克看出我对海钓也饶有兴趣，告诉我说，他组织了几个朋友，在本周末租船去海湾里钓鱼，想邀请我一起去体验一下。

我向扎克问道：“我没有钓鱼许可证，可以上船吗？”扎克解释说，与淡水钓鱼不同，消遣性海钓一般不需要向政府购买许可证，毕竟海鱼都是野生的，无须政府部门放养，但为了便于渔业机构统计管理，海钓者须在州环保厅网站上登记注册，无须支付费用，但如想在海滩上捡拾贝壳类海产或用笼子等渔具抓捕海蟹和龙虾，则需要分别购买许可证。2017 年发行的美国影片《科德角谋杀案》中，迈克被当地警长招募为海滩执法人员，负责检查在海滩挖掘蛤蜊的渔民是否购买了许可证，可见科德角所在的马萨诸塞州与新泽西州在这方面的规定是一致的。

“那我现在就去网上注册吗？”我问道。

扎克贴心地说：“不用急，因为我们这次是在租用的渔艇上钓鱼，船方已经将渔艇注册在案，乘客不用单独注册。你先试一次，如果今后喜欢海钓，再登记注册也不迟。”

他还关照说，渔艇上备有鱼竿、鱼饵、救生衣等，所以咱们不用操心这些事，但要自带午餐和饮料，带上防晒的衣裤、凉帽、太阳镜、防晒霜，容易晕船的还须带好防晕船药物。防晒霜要用涂抹式而不要喷雾式的，因为喷雾式的容易

钓渔船

喷到船上，留下痕迹很难擦去。鞋底也须是淡色的，深色的鞋底容易把颜色印在洁白的甲板上。这些都是船家的要求。

此外，注意不要带香蕉上船，因为船家们都很迷信，认为把香蕉带上船是不吉利的，会让船上人钓不到一片鱼鳞。

渔艇出租一般分为内湾、近岸、深海、过夜几种，租金标准各有不同。租金一般已包含负责驾船的船长的费用。有的渔艇上还配备一名船员，负责照顾和协助乘客，比如指导乘客如何使用船上配备的鱼竿、怎样装鱼饵、在哪里抛钩，在乘客钓到鱼后他会协助用手钩或网兜把鱼从水里捞到船上，放入冷冻箱里，其作用相当于高尔夫球场上的球童，所以须由乘客凑钱给船员付小费，小费一般是渔艇租金的 20% 左右。我们租用的渔艇长度 30 英尺（约 9.1 米），租用 4 小时租金为 475 美元，因船较小，而且是在内湾航行，没有配备随船船员，因此可以省掉给船员的小费。

近岸一般指距离海岸 9 海里之内的区域，深海则是离岸 20 海里以上的海域。由于渔艇从码头至渔区之间来回要花去一两个小时的时间，所以如果去近岸或深海钓鱼，一般须按 6 小时的全天价租用渔艇，如实际超过了 6 小时，则另行按小时费率计费。如果去深海钓鱼，由于金枪鱼的特性是日夜都在不停地游动，所以适合在夜里钓金枪鱼，而渔艇须在海上过夜，租费自然最为昂贵。

出海钓鱼要看老天的脸色，雨天或风浪过大自然无法成行。我们此行仅航行在开普梅的内湾，水上波浪较小，也不容易晕船，适合我们这些初学者，所以我把此行称为“下海”，而算不上“出海”。

我们下海的那天晴空万里、清风徐徐，天气极为宜人。船长招呼我们坐稳后，渔艇就缓缓驶离码头。一行六人中，我是唯一的初次参加海水钓鱼的人，激动的心情可想而知。驾驶台的一侧安装着声呐鱼群定位器，便于船长寻找到鱼群的踪迹，然后抛下锚，让我们开始下钓。人类依靠现代技术设备的辅助，对鱼类来说不太公平，这一点令我难免暗中羞惭。渔艇后舱的两舷上插着六根鱼竿，鱼饵箱里也给我们准备好了细小的米诺鱼作为鱼饵。

内湾里容易钓到的是多宝鱼。多宝鱼（flounder）与大比目鱼（halibut）、鲽鱼（fluke）都是比目鱼的一个种类。它幼时与其他鱼类一样，双目分布在头的两侧，但在成长过程中两只眼睛逐渐移到头部的同一侧并排排列，有的在左侧，有的在右侧。它身体扁平，一面是接近海底环境色的黑色，另一面是白色。黑色的一面朝上，白色的一面附于海底泥沙处平卧，便于隐藏和保护自己，需游动时它摇动扁平的身躯前进。难怪有人说，多宝鱼的肚皮老是在海底的泥沙上磨蹭，所以磨成白色了，就像青壳白肚的苏州阳澄湖大闸蟹一样。

羊头鲷的牙齿厉害，善于啃硬物，所以钓鱼者往往用小沙蟹作饵，而多宝鱼喜欢摄食小鱼，适于用活蹦乱跳的米诺鱼或沙丁鱼作为鱼饵。扎克指导我说，因为多宝鱼平卧在海底，所以往海里抛钩时鱼线要放得长一些，让鱼钩够得着鱼

嘴，当然线也不要过长，否则会加长收线的时间；多宝鱼比较狡猾，它发现食物时会先用嘴尖叼起来，停住不动，仿佛在试探一

多宝鱼

般，如果钓鱼者马上提竿，它立刻就会吐掉饵食，所以要等它完全咬钩后再慢慢提竿，这是钓多宝鱼的窍门。另外，即使没有鱼咬钩，也要不时地把鱼钩提起来，检查鱼饵是否还在。如果鱼饵已经被鱼趁你不注意偷咬走了，你还在傻傻地“姜太公钓鱼”，就是浪费时间了。

新泽西州对钓获后可以带走的羊头鲷在尺寸和数量上都没有限制，但对多宝鱼的限制比较严格，首先规定 5 月初至 9 月底为渔获季，其他日期钓到多宝鱼须立即放生；在尺寸和数量上，规定在特拉华湾及其支流等少数水域，每人每天可以取获三条长度在 17 英寸以上的多宝鱼，而在州内其他沿海水域，限额是两条 17 至 18 英寸，再加一条 18 英寸以上的鱼，这样规定也是为了尽量保护尚未长成的小鱼。用句套话来说，钓鱼要“抓大放小”。如果违反规定被执法人员查到，每多捕一条鱼或每捕获一条尺寸未达标的鱼，须罚款 100 美元。

我当天的成绩是钓到两条多宝鱼，其中一条长度不到 17

英寸的标准，当场把它放回去了，另外一条达标了，是个keeper（可以带走的鱼），被装入冷冻箱。几位同伴的成绩比我好些，都钓到了至少三条达标鱼。扎克安慰我说，作为新人，首次下海取得这样的成绩已经不错了，毕竟钓鱼就是图个乐，享受的是过程；不然我们只要花租船费一半的钱，就可以在海鲜市场上买到同样数量的鱼了，岂不更简单？

我很感激扎克给我提供这样一次体验海钓的机会。通过这一天的行程，我加深了对提高垂钓资源可持续性的认识。美国对海上垂钓运动的管理较为完备，不仅有明确的法律规定，也有执法人员的监督和处罚措施的威慑。当然，这种监督和威慑肯定做不到密不透风、面面俱到，如果钓鱼者没有守法的自觉性，不仅可能在渔获的尺寸和数量方面钻空子、打擦边球，即使是把钓到的鱼放归海里，也可能因为粗心大意或处置不当而导致鱼的死亡，不能达成放生留鱼的初衷。

新泽西的护鱼口号

当局向海钓者提出了善待鱼类的口号：不能拿回家，就让它回家！他们还要求，垂钓者应选择合适的鱼钩和鱼线，要与鱼种相匹配，并且尽量使用适合钓大鱼的钩子，减少钓到小鱼的可能；准备好必要的工具设备，如脱钩器、网兜等，避免鱼嘴受到伤害；尽量使用无刺钩，易于释放上钩的小鱼；使用深水放鱼工具帮助鱼顺利回到它适应的深度，提高留鱼的存活率。

我赞同扎克的说法：我们既是捕鱼者，也是护鱼者；捕鱼是为了我今天的快乐，护鱼是为了将来世世代代都能持续享受捕鱼的快乐。

回家的路上，扎克已经在筹划下次的行程，要乘船在海上撒笼子抓捕大西洋沿岸常见的青蟹，笼子里放上几近腐臭的鸡腿或鸡脖子作饵。或者到离岸 20 海里以上的深海去钓马林鱼（marlin），没错，就是海明威中篇小说《老人与海》中描写的老渔夫桑迪亚哥捕获的，后来又被鲨鱼吃得只剩鱼头和骨骼的那种马林鱼。

附录：

书中提及的美国影视剧片和文学作品一览表

页码	中文译名	英文原名	导演 / 作家	发行 / 出版年份
24	哈维女郎	*Harvey Girls*	George Sidney	1946
32	超时	*Expired*	Cecilia Miniucchi	2007
33	墨菲罗曼史	*Murphy's Romance*	Martin Ritt	1985
44	布鲁克林	*Brooklyn*	John Crowley	2015
60	公诉阿列克斯·克劳斯	*The People vs. Alex Cross*	James Patterson	2017
60	犯罪的夫人们	*Guilty Wives*	James Patterson and David Ellis	2012
69	阿鲁巴之恋	*Love in Aruba*	Brian Brough	2021
80	得州疑案	*Texas Outlaw*	James Patterson and Andrew Bourelle	2020

（续表）

页码	中文译名	英文原名	导演 / 作家	发行 / 出版年份
80	棋高一着	*Outfox*	Sandra Brown	2019
87	倾城佳话	*It Could Happen to You*	Andrew Bergman	1994
91	水库狗	*Reservoir Dogs*	Quentin Tarantino	1992
121	草坪的复仇	*Revenge of the Lawn*	Richard Brautigan	1971
130	冰雪迷阵	*Amazing Winter Romance*	Jason Bourque	2020
130	下雪天，放学日	*Snow Day*	Chris Koch	2000
140	思想之框	*Frame of Mind*	Carl T. Evans	2009
140	情书	*The Love Letter*	Dan Curtis	1998
144	林肯	*Lincoln*	Steven Spielberg	2012
150	钻石陷阱	*The Diamond Trap*	Don Taylor	1988
151	游泳者	*The Swimmer*	Frank Perry and Sydney Pollack	1968
200	喜福会	*The Joy Luck Club*	Wayne Wang	1993
200	摘金奇缘	*Crazy Rich Asians*	Jon M. Chu	2018
204	美国甜心	*America's Sweethearts*	Joe Roth	2001

（续表）

页码	中文译名	英文原名	导演 / 作家	发行 / 出版年份
205	欲望都市	*Sex and the City*	Michael Patrik King	2008
205	麻将男人	*Men of Mah Jongg*	Mark Medoff	2008
212	鬼屋	*Haunted*	James Patterson and James O. Born	2017
216	冰河世纪	*Ice Age*	Chris Wedge	2002
227	樱花香—来自阿米什之乡的浪漫故事	*The Scent of Cherry Blossoms, A Romance from the Heart of Amish Country*	Cindy Woodsmall	2012
229	阿米什谋杀案	*An Amish Murder*	Steven Gyllenhaal	2013
229	怀孕的阿米什姑娘	*Expecting Amish*	Richard Gabai	2014
243	林中漫步（电影）	*A Walk in the Woods*	Ken Kwapis	2015
244	林中漫步（书籍）	*A Walk in the Woods: Rediscovering America on the Appalachian Trail*	Bill Bryson	1998

（续表）

页码	中文译名	英文原名	导演 / 作家	发行 / 出版年份
244	春雨漫步	*A Walk in the Spring Rain*	Guy Green	1970
244	云中漫步	*A Walk in the Clouds*	Alfonso Arau	1995
246	爱丽丝梦游仙境	*Alice in Wonderland*	Clyde Geronimi et al.	1951
246	绿野仙踪	*The Wizard of Oz*	Victor Fleming and King Vidor	1939
249	涉足荒野	*Wild*	Jean-Marc Vallée	2014
267	科德角谋杀案	*Murder on the Cape*	Arthur Egeli	2017
273	老人与海	*The Old Man and the Sea*	Earnest Hemingway	1952

图书在版编目（CIP）数据

新泽西的庄园 / 顾泉林著 . -- 上海 : 上海浦江教育出版社有限公司 , 2024. 11. -- ISBN 978-7-81121-919-7

Ⅰ . I267

中国国家版本馆 CIP 数据核字第 2024QP4182 号

XINZEXI DE ZHUANGYUAN

新泽西的庄园

上海浦江教育出版社出版发行

社址：上海海港大道 1550 号上海海事大学校内　邮政编码：201306

电话：（021）38284910（12）（发行）　38284923（总编室）　38284910（传真）

E-mail：cbs@shmtu.edu.cn　URL：http://www.pujiangpress.com

上海商务联西印刷有限公司印装

幅面尺寸：145 mm × 210 mm　印张：9　字数：173 千字

2024 年 11 月第 1 版　2024 年 11 月第 1 次印刷

责任编辑：张丽媛　封面设计：曾国铭

定价：46.00 元